Os fantasmas entre nós

Gih Alves

Os fantasmas entre nós.

SEGUINTE

Copyright © 2023 by Gih Alves

O selo Seguinte pertence à Editora Schwarcz S.A.

Grafia atualizada segundo o Acordo Ortográfico da Língua Portuguesa de 1990, que entrou em vigor no Brasil em 2009.

A primeira edição deste romance foi publicada em 2021 na Noveletter, com o título *Coração mal-assombrado*.

CAPA E ILUSTRAÇÕES DE CAPA E MIOLO Amanda Miranda

PREPARAÇÃO Júlia Ribeiro

REVISÃO Ingrid Romão e Paula Queiroz

Dados Internacionais de Catalogação na Publicação (CIP)
(Câmara Brasileira do Livro, SP, Brasil)

Alves, Gih
   Os fantasmas entre nós / Gih Alves. — 1ª ed. — São Paulo : Seguinte, 2023.

   ISBN 978-85-5534-286-8

   1. Ficção brasileira I. Título.

23-166031   CDD-B869.3

Índice para catálogo sistemático:
1. Ficção : Literatura brasileira B869.3

Cibele Maria Dias – Bibliotecária – CRB-8/9427

Todos os direitos desta edição reservados à
EDITORA SCHWARCZ S.A.
Rua Bandeira Paulista, 702, cj. 32
04532-002 — São Paulo — SP
Telefone: (11) 3707-3500
www.seguinte.com.br
contato@seguinte.com.br

Quando encostar a cabeça no seu travesseiro
Não vai ser só a consciência que vai pesar
Dos seus pesadelos comigo esse é só o primeiro
Quanto mais cê tentar fugir, mais cê vai me encontrar
Marília Mendonça, "Coração mal-assombrado"

UNIVERSIDADE AGNES DANTAS

1. Salão de atos
2. Biblioteca central/reitoria
3. Anexo da reitoria/depósito
4. Departamento de artes
5. Observatório
6. Auditórios
7. Instituto de Filosofia e História
8. Laboratórios de imagem e som
9. Bar e lanchonete
10. Restaurante universitário (RU)
11. Escola de Humanidades
12. Laboratórios de prática de magia
13. Escola de Ciências da Saúde e da Vida
14. Instituto de Ciências Biológicas e da Natureza
15. Centro de convivência

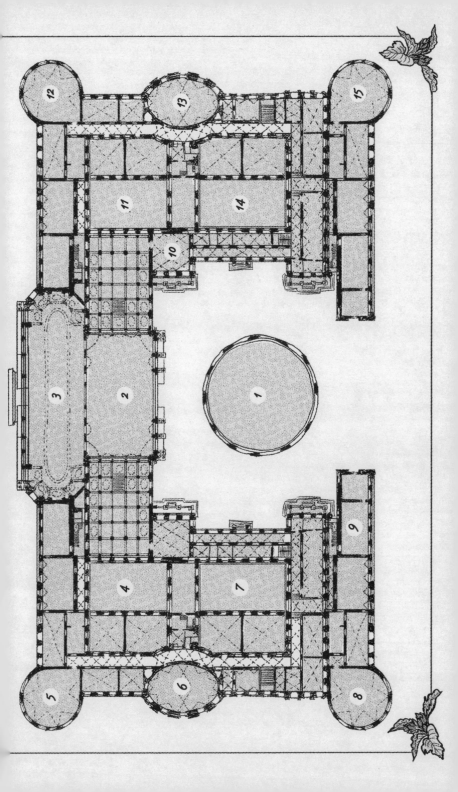

MORTE NO CAMPUS DA UNIVERSIDADE AGNES DANTAS

UM ALUNO foi encontrado morto no laboratório de fotografia da Universidade Agnes Dantas no início da manhã de hoje. Segundo informações do delegado Hélio dos Santos, da 2ª Delegacia de Homicídios e Proteção à Pessoa, a morte de Daniel Vasques de Andrade, de dezenove anos, é investigada como suicídio.

Na manhã de sexta-feira, o delegado deve ouvir funcionários e professores da universidade. "Segundo os colegas, Daniel foi visto pela última vez gritando sozinho bem cedo pela manhã. Só foi encontrado horas depois, no laboratório de fotografia, já sem vida."

Daniel era filho de Alberto de Andrade, professor do curso de ciências sociais na Agnes Dantas, e estava no segundo semestre de jornalismo. Procurado pela reportagem, Alberto não quis se pronunciar. ■

Um

A morte de um aluno na Universidade Agnes Dantas não era novidade, e os professores faziam questão de lembrar isso sempre que podiam.

Com um suspiro de frustração, Manu olhou das anotações no caderno para a tela do notebook. O artigo sobre ética em serviços de divinação era para o dia seguinte. Deveria ser simples depois de tanto estudar o assunto, mas as informações se misturavam na sua cabeça, os conceitos não faziam sentido e ela havia repetido "serviços de divinação" tantas vezes que as palavras já não significavam nada. A professora não podia ter escolhido um tema diferente? Escrever sobre o direito que as famílias tinham de autorizar ou não a condução de energia espiritual do corpo de um parente recém-falecido mais parecia um deboche ao garoto encontrado morto na semana anterior. Os estalos e as batidas nas janelas também atrapalhavam a concentração de Manu — os sons lembravam gemidos de dor, irrompendo em intervalos regulares, sempre no momento em que ela começava a formular uma linha de raciocínio.

Manu mordeu a ponta da caneta e observou a biblioteca vazia, desistindo por um momento. Estava sentada em uma pequena área de estudos ao fundo do salão, onde um lustre empoeirado pendia do teto, iluminando o espaço de forma precária,

13

quase como se odiasse a presença dos alunos. Um armário com portas de vidro trancadas exibia um livro antigo com capa de couro e páginas amareladas. No início de cada semestre, o exemplar era retirado de sua proteção, e a reitora lia, no auditório central, um trecho sobre a dedicação aos estudos do arcano e aos caminhos da magia. "Se a magia não for a coisa mais importante na vida de vocês", era o resumo de seu discurso, "não há motivo para estarem aqui." Manu já ouvira aquilo três vezes.

O restante da biblioteca não tinha nada de mais: corredores estreitos formados por estantes de madeira escura abarrotadas de exemplares e livros técnicos empilhados nos cantos. No balcão de entrada ficava o monitor, neste momento mexendo no celular, sozinho.

Não fora apenas a bibliotecária que havia faltado; uma parte dos alunos não tinha ido às aulas porque se preparava para uma cerimônia no fim da tarde, em homenagem ao mais recente morto da Agnes Dantas.

Manu mordeu a caneta com mais força, tentando não pensar no garoto, mas era difícil. Todas as aulas tinham praticamente parado por um dia inteiro na semana anterior, quando faxineiros encontraram Daniel com a cabeça enfiada em uma bacia de soluções químicas no laboratório de fotografia. Alunos se aglomeraram no corredor, tentando ver lá dentro, e o pai de Daniel, professor do curso de ciências sociais na instituição, gritou que haviam matado seu filho. Para piorar, ainda sugeriram que o corpo do rapaz fosse usado em uma aula. O homem foi retirado do campus doze horas antes do corpo do filho, após socar um colega que disse que todos deveriam contribuir de alguma forma, mesmo depois de falecerem. Aparentemente, as mortes anuais em circunstâncias misteriosas dentro da universidade não eram um problema. Agora, um professor socando o outro? Isso passava dos limites.

Manu não conhecia Daniel nem seu pai, mas sentia que os desrespeitava de alguma forma ao escrever um trabalho indiretamente sobre eles.

De qualquer forma, não havia muito o que fazer. Não entregar o trabalho ou matar aula para participar de eventos mórbidos não eram opções para Manu. A bolsa na Agnes Dantas dependia de sua frequência, das notas e da monitoria na disciplina de fundamentos da arte 1. Normalmente, ela ficava acima da média sem muitos problemas. Algumas noites de sono a menos e várias canecas de café a mais, e dava tudo certo.

Só que nada estava dando certo agora.

Na mesa, a tela do celular acendeu com uma ligação. O rosto de sua mãe surgiu na tela, uma versão de Manu vinte anos mais velha: pele negra clara, cabelo crespo, lábios pintados de batom vermelho e olhos escuros. Manu fez uma careta e deixou chamar até cair na caixa de mensagens, sentindo-se culpada por ignorá-la.

Mais um estalo, seguido por rangidos agudos, e Manu girou a caneta entre os dedos. Esfregou os olhos e bocejou.

— Será que é pedir demais um pouco de silêncio? — ela perguntou, encarando a parede ao lado da mesa.

Como resposta, o lustre e as lâmpadas apagaram, deixando a biblioteca no escuro. Sombras se moveram entre as estantes, e o breu naquela parte ficou ainda mais denso. Um livro caiu no chão com um estrondo, entrecortado por um estalo mais alto.

Manu mal teve tempo de recuperar o fôlego quando a luz voltou, fraca como antes, mas suficiente para dissolver as sombras. Ela respirou fundo e olhou para o lado, onde tinha ouvido o segundo estalo, e viu a nova rachadura na porta do armário. O vidro havia se partido em vários pedaços, mas continuava preso à moldura.

— Você precisa fazer seus trabalhos sozinha e parar de pedir ajuda aos fantasmas — disse uma voz atrás de Manu.

A garota pulou, tapando a boca para não gritar de susto. Virou para trás e deu de cara com Isadora e seu sorriso torto.

— Que cara péssima, Manuela — disse Isadora. — Você dormiu?

— Faz diferença?

Ela tinha dormido... depois das três da manhã. E acordado às seis. Era o suficiente, não era?

Isadora não respondeu, só encarou Manu com seus grandes olhos verdes emoldurados por uma armação de metal prateada.

Por hábito, Manu tocou o pingente de ônix pendurado no peito, sem saber como agir perto da amiga. *Colega*, lembrou a si mesma. Seis meses antes, chamava Isadora de melhor amiga e não sentia o estômago revirar de nervoso perto dela. Mas tudo havia mudado, e agora Isadora não passava de uma conhecida, alguém que Manu se acostumara a evitar.

Não que fosse fácil. Isadora ocupava espaço — sempre tinha alguma opinião na aula de história da magia no Brasil II, disciplina compartilhada entre os cursos de artes visuais e história, ria alto no restaurante universitário e conversava com todos os funcionários. Parecia estar em todos os lugares, assim como as assombrações que pairavam na Agnes Dantas.

— Quer que eu dê uma voltinha pra você me ver melhor? — perguntou ela depois de um longo silêncio.

Manu apertou mais o ônix. Como se já não tivesse prestado atenção suficiente nela. Como se fosse possível olhar para qualquer outra coisa quando Isadora entrava na sala.

— Você não tem mais o que fazer? — perguntou Manu, afastando os pensamentos indesejados.

— Ninguém apareceu na aula de história antiga hoje. — Isadora deu de ombros. Assim como Manu, ela também era monitora, mas não precisava disso para manter sua vaga. — E chegou uma equipe de pesquisadores da Universidade Arcana de Minas Gerais pra estudar as últimas mortes. A Fátima vai reorganizar o horário de todo mundo e me pediu pra chamar os monitores.

Manu franziu a testa. Não era incomum que professores e pesquisadores transitassem entre instituições. Havia apenas cinco universidades que trabalhavam exclusivamente com o sobrenatural no Brasil, e cada professor tinha passado por pelo menos duas delas, a estudo ou a trabalho. Quando um professor chegava de outro lugar, porém, a rotina dos alunos e monitores não mudava. Não havia por que mudar.

Mais um silvo veio das paredes, desviando a atenção de Manu. Isadora olhou para o vidro rachado enquanto puxava um fio solto da saia.

— Sério, eu não sei por que você continua estudando aqui — disse, ainda encarando a porta do armário. — A sala de estudos do centro de convivência é bem melhor.

Manu desligou o notebook e guardou o caderno e as canetas na bolsa ao lado da cadeira. Se a reitora estava chamando, não adiantava enrolar. Era melhor ir logo e depois correr para escrever o artigo.

— É muito cheio — respondeu Manu.

— Óbvio, lá tem uma máquina de café.

— Você nem gosta de café.

— Mas você gosta. Mais um motivo pra não ficar aqui estudando com os fantasmas.

Manu balançou a cabeça, sabendo que não tinha argumentos contra aquilo. Guardou o notebook na bolsa com o resto das coisas, ainda frustrada por não ter avançado no estudo. Às vezes, em momentos como aquele, arrependia-se um pouco de não ter entrado em uma universidade comum, sem paredes rangendo e vidros quebrando do nada. Se o artigo fosse o único trabalho da semana, não estaria tão mal. Mas ainda precisava estudar para a prova de semiótica e começar o projeto de processos fotográficos, uma disciplina na qual só tinha se matriculado porque todo mundo amava o professor, que, no entanto, saiu da Agnes Dantas bem no semestre dela. A nova professora só sabia falar da própria vida e agir como se todos tivessem uma câmera profissional e tempo livre para explorar a cidade. Pelo menos Manu não tinha sido burra a ponto de se matricular em alguma matéria no sábado.

— Merda — resmungou, baixinho, ajeitando a alça da bolsa no ombro. Depois, virou-se para Isadora, acrescentando: — Preciso pegar um livro antes de ir. Hum. É. Obrigada por me avisar da reunião.

Isadora pareceu chateada por um momento, então deu de ombros.

— Eu posso ir com você. A Fátima deve estar ocupada tentando acabar com a festa pro garoto morto. Não vai perceber se a gente demorar.

Manu mordeu a bochecha, sem saber o que dizer. Aquela era a conversa mais longa que as duas tinham em meses, e ela não sabia se queria continuar ali, fingindo que nada havia acontecido, ou apenas sair correndo. Mas fugir era a especialidade de Isadora — não a dela.

Isadora continuou a encará-la, e Manu desistiu de tentar encontrar uma desculpa. Precisava do livro de semiótica, e se Isadora queria perder tempo andando atrás dela como se estivesse tudo bem, não tinha nada que pudesse fazer.

Procurou pelo livro no site da biblioteca e seguiu até o corredor indicado. De repente, um frio súbito atingiu seus braços, fazendo seu corpo estremecer e todos os pelos se arrepiarem. De canto de olho, viu Isadora esfregando os braços, sem dizer nada.

Aquele corredor era mais largo do que os outros, delimitado por uma estante com mais pó do que livros e uma parede coberta por quadros de ex-alunos prodígios. Manu seguiu em direção ao fundo, procurando pelo exemplar, enquanto Isadora a acompanhava lendo as informações nos quadros. Discretamente, Manu a observou: Isadora ficava na ponta dos pés para ler as descrições mais altas, o cabelo preto sempre se soltando dos coques que ela insistia em fazer, o biquinho nos lábios depois de absorver alguma informação que não lhe agradava.

Manu traçou uma linha com o dedo indicador no pó acumulado em uma das prateleiras, lembrando a si mesma de focar em sua busca.

— Nunca mais te vi na república — comentou Isadora de repente, voltando-se para Manu.

— Me mudei no mês passado — Manu respondeu no automático.

— Ah.

Um sorriso dançou nos lábios de Isadora. Ela tocava levemente o pingente no peito: uma pequena pedra de ametista em um cordão preto. Tanto a ametista quanto o ônix tinham sido presentes de Denise, tia de Manu, quando elas ainda estavam no ensino fundamental. Enquanto a joia de Manu a mantinha protegida, a de Isadora servia para manter a mente tranquila e equilibrada.

— É por isso que você não tá dormindo bem? — insistiu Isadora.

Manu revirou os olhos e levou a mão ao peito de forma teatral.

— Você tá preocupada? Que bonitinho.

Isadora deu de ombros.

— Pode pensar o que quiser, você sempre foi carente mes…

Ela não concluiu a frase.

Livros voaram da prateleira mais alta e acertaram a parede com um estrondo. Um quadro balançou e caiu no chão, e o vidro que o cobria se estraçalhou em mil pedaços. Isadora e Manu trocaram olhares e se afastaram da estante, tentando manter a calma, mas os livros continuaram voando em efeito dominó, seguindo-as. Isadora segurou o braço de Manu e a puxou para baixo, num ponto que eles não alcançavam.

De repente, ouviram um lamento, curto e baixo a princípio, alongando-se aos poucos, as notas doloridas. Em seguida, uma risada aguda reverberou pelo ambiente, misturando-se às lamúrias. Os sons vinham dos livros, do quadro caído, do teto, de todos os lados. As unhas de Isadora se cravaram no punho de Manu, que encarava a confusão com os olhos arregalados.

Um a um, os quadros restantes também caíram, e o som estridente de mais vidro quebrando em meio à toda aquela cacofonia perfurou o cérebro de Manu. Os fantasmas não podiam só ficar no canto deles, sem atrapalhar ainda mais sua tentativa de estudar?

Pedaços de concreto se soltaram de onde antes estavam as fotografias dos alunos. Contornos brotaram da parede, e Manu sentiu o estômago revirar enquanto tentava decifrar as formas, até que finalmente compreendeu: rostos sobrepostos, como se várias pessoas tentassem atravessar a parede ao mesmo tempo. Diversos olhos, bocas e narizes de diferentes tamanhos se misturavam. Isadora soltou um "puta que pariu" e apertou o braço de Manu com mais força. No meio da bagunça de rostos, um par de olhos estremeceu, espalhando lascas de reboco e cimento, e todas as pálpebras de concreto se abriram, revelando olhos repletos de escuridão. As bocas se arreganharam, e uma sinfonia de lamentos se uniu ao caos da biblioteca.

Manu também xingou, sua voz se perdendo em meio aos barulhos, e tudo parou ao mesmo tempo — os tremores, o riso e o choro. As bocas na parede se fecharam, deixando apenas as rachaduras para trás.

Isadora soltou outro palavrão. Aproximou-se mais de Manu, que sentiu a respiração quente da colega na bochecha e no pescoço, então a mão em sua coxa. Prendeu o fôlego, o coração disparado não mais pelo perigo diante delas, mas pela aproximação de Isadora.

— O centro de convivência pode até ter mais gente — lembrou Isadora, a voz tremendo. — Mas pelo menos é gente *viva*.

Ao lado delas, o último quadro que sobrava na parede balançou e caiu.

Isadora ficou de pé em um pulo, e Manu se levantou junto. Pegou a bolsa do chão e respirou fundo. Suas mãos tremiam e a cabeça doía. Olhou de relance para a parede; os buracos e pedaços de tijolos deslocados eram quase uma escultura malfeita.

— A reunião com a Fátima — lembrou Manu, a voz falhando.

Isadora concordou, e as duas saíram em silêncio, ignorando as reclamações do monitor na entrada. Manu ainda sentia o calor daquele toque em sua perna.

Dois

— Vocês destruíram uma parte da biblioteca? — perguntou Fátima, estreitando os olhos. — Já não basta o laboratório de fotografia interditado?

Manu tomou um gole do chá que Fátima tinha oferecido assim que chegaram à sua sala para conversar sobre os rostos na parede. Ao seu lado, Isadora estava sentada com a postura perfeita — resultado dos anos de balé na infância — e a expressão irritada.

— Os fantasmas estão inquietos — disse ela, séria.

Na biblioteca, o comentário de Isadora sobre os fantasmas havia soado como uma piada macabra, mas agora ela falava em tom de acusação — se contra os próprios fantasmas ou contra Fátima, Manu não tinha certeza.

Depois da reunião com os monitores, as duas começaram a contar, nervosas, que tinham sido atacadas pela parede da biblioteca, e a reitora as levou até ali. Fátima não costumava abrir sua sala para alunos, só em situações especialmente boas ou ruins — e Manu sentia que era o segundo caso. Nunca tinha entrado nem na sala da diretora do departamento de artes, e agora estava ali, frente a frente com a reitora. Pelo menos a reunião mais cedo correra bem: os monitores teriam o turno reduzido pelo próximo mês, enquanto os pesquisadores da Universidade Arcana ficassem na Agnes Dantas para estudar o campus. Nenhuma outra explicação fora dada, mas Manu não reclamou; poderia pôr os trabalhos e o sono em dia, e isso bastou para deixá-la um pouco menos agitada.

— Vocês devem ter feito algo que gerou aquela reação — disse Fátima, apoiando as mãos na mesa. — Esse tipo de coisa nunca aconteceu antes.

"Não, são só alunos morrendo pelo campus", pensou Manu, mas imaginou que o comentário não ajudaria.

— A gente não fez nada de mais — garantiu. — Eu estava procurando um livro, só isso.

E no final das contas saiu sem ele. Ela mordeu o lábio, lamentando o trabalho dobrado que teria para estudar para a prova.

— Nós monitoramos todos os incidentes dentro do campus — falou Fátima, ignorando Manu. — Não precisam provocar outros enquanto estamos sob investigação.

Isadora bufou.

— Com todo o respeito, reitora, mas a gente poderia ter se machucado — disse ela. — Ou coisa pior. A senhora deveria estar preocupada com a integridade dos alunos, não nos culpando por algo fora do nosso controle.

Fátima balançou a cabeça. Manu observou melhor a reitora: a pele marrom-escura e o cabelo crespo cheio estavam impecáveis, como sempre, mas a maquiagem não escondia as olheiras profundas.

Alunos morriam havia anos e, em todo esse tempo, segundo os comentários de veteranos e de ex-alunos, Fátima era sempre a primeira a chegar e a última a sair do campus nas semanas seguintes. Desde que encontraram o corpo de Daniel, ela havia passado de sala em sala informando que duas psicólogas ficariam disponíveis para falar com os alunos e funcionários quando precisassem, e já tinha conversado com a polícia tantas vezes que a viatura do lado de fora da entrada principal se tornara parte da paisagem. Ela devia estar exausta, mas não havia nenhum sinal físico além das olheiras; Fátima parecia uma rocha e, como tal, não poupou Isadora de uma resposta dura.

— Não seria a primeira vez que você grita com as paredes, Isadora.

A garota retorceu os lábios.

Manu bebeu o resto do chá, já frio, mas não soltou o copo. Ter algo nas mãos a ajudava a se concentrar e não pensar demais no que tinha acontecido — no entanto, *o que* tinha acontecido? Era difícil manter a calma depois de ter visto como as paredes se contorceram em *rostos* e os livros voaram sobre elas. E se acontecesse de novo? Por que tinha acontecido? E se, na próxima vez, aquelas coisas conseguissem sair da parede? Será que elas duas tinham mesmo feito alguma coisa? As perguntas inundaram a mente de Manu, cobrindo todos os outros pensamentos, e seu coração acelerou tanto que o peito começou a arder.

Isadora cutucou seu ombro, fazendo-a saltar na cadeira.

— Respira — sussurrou.

Manu inspirou fundo, contando até dez. Isadora arqueou a sobrancelha em uma interrogação silenciosa, e Manu assentiu de leve para mostrar que estava menos nervosa. A colega a encarou por mais algum tempo, sem parecer muito confiante com a resposta. Levou a mão até Manu, mas a puxou de volta rapidamente, cruzando os braços.

— Os alunos moldam a reputação da universidade — disse Fátima, atraindo a atenção das duas. — O que acham que os pesquisadores da Arcana vão pensar se vocês estiverem por aí destruindo a biblioteca?

— O que eles vão pensar quando descobrirem que *nenhum* dos nossos pesquisadores tem autorização para investigar por que todo ano morrem alunos aqui? — rebateu Isadora.

Fátima ficou séria, uma veia pulsando na testa, e olhou fixamente para Isadora, cuja postura vacilou pela primeira vez desde que contaram sobre o acidente. A garota prendeu o cabelo em um coque no alto da cabeça e mordeu os lábios.

Não dava para afirmar que os professores da Agnes Dantas eram proibidos de investigar as mortes ou mesmo as vozes nas paredes, mas era óbvio que sempre acontecia alguma coisa com os que tentavam: alguns eram afastados por motivos de saúde, outros recebiam um convite inesperado e irrecusável para cursos extras em outras universidades. Houve o caso de uma professora no ano anterior que resolveu investigar por conta própria as mortes constantes depois de um casal de namorados morrer no mesmo dia. Em uma semana, ela recebeu a notificação de que um processo disciplinar de mais de cinco anos finalmente fora resolvido e ela precisaria se afastar da instituição.

Era uma série de coincidências que as pessoas provavelmente percebiam mas não comentavam. Exceto Isadora, é claro. Manu nem ficava surpresa.

Uma batida na porta salvou Isadora da fúria de Fátima. Por sorte era apenas uma mulher ruiva, e não fantasmas intrometidos querendo fazer outra cena. A recém-chegada acenou para elas.

— Trouxe as autorizações de que falei mais cedo — declarou, erguendo uma pasta.

— Obrigada, Patrícia. — A reitora abriu um sorriso educado, mas seu olhar continuava impassível. — Já foram acomodados em uma sala?

— Sim, mas não era necessário. Nossa equipe não é grande, somos apenas eu, Marcos e o mestrando dele. — Patrícia levou a pasta até a mesa. — Mas vamos precisar de uma liberação para fotografar e testar os corredores. Marcos notou que alguns ainda têm resquícios de feitiços. Nada de mais, só que eles podem se misturar à energia natural do prédio e interferir nos resultados.

Fátima lançou um olhar pensativo para Manu e Isadora pelo que pareceu uma eternidade, a raiva ainda marcada em suas feições e na forma como batia as unhas na mesa.

Não era a primeira vez que paravam na sala de alguém da coordenação — apenas a primeira na Agnes Dantas. No segundo ano do ensino médio, Isadora deu um tapa em um colega que reclamou que a turma de matemática não avançava por causa de "alunos como Manu", que tinham vindo de escola pública. Depois, no terceiro ano, foi Manu quem brigou com uma menina que espalhou uma foto de Isadora ao lado de uma lista de nomes dos colegas com quem ela havia ficado na escola. Antes, as duas se protegiam. Agora, mesmo sabendo que realmente não tinham feito nada de errado, o coração de Manu se apertou um pouco. Isadora podia estar do seu lado, mas olhava para a frente, lábios bem fechados, braços cruzados. Manu se sentiu sozinha, e o peso de todos aqueles meses longe da antiga amiga acertou-a como um soco.

Ela mordeu o interior da bochecha com força, e um gosto metálico preencheu sua boca.

— Não se preocupem com isso — disse Fátima, por fim, olhando para Patrícia. — Manuela e Isadora vão limpar os fragmentos de feitiços do campus nos próximos dias para que a pesquisa de vocês não seja prejudicada.

Isadora jogou os braços para cima, exasperada.

— Está nos colocando de castigo?

A reitora fez que não.

— Encarem como uma atividade extra, já que estão com tempo livre.

Manu puxou a borda do copo, quebrando o isopor. Já não tinham atividades o bastante nas aulas? O alívio pela mudança no horário da monitoria se esvaiu, sobrando apenas um embrulho no estômago.

— Eu tenho vários trabalhos pra entregar — ela argumentou.

— Então é melhor começar logo — rebateu Fátima. Olhando para Isadora, acrescentou: — Não percam a próxima aula.

Ela pegou a pasta na mesa, tirou os documentos e se voltou para Patrícia, encerrando a conversa.

Isadora deu de ombros e arrastou a cadeira no chão ao se levantar. Ao sair, não olhou para Manu, que teve que estender a mão com pressa para não deixar a porta bater.

— É isso que eu ganho por tentar te ajudar — resmungou Isadora.

Lâmpadas amarelas iluminavam o corredor vazio e um ronronar elétrico deslizava pelas paredes. Manu engoliu em seco e olhou ao redor, para as pequenas rachaduras e pontos onde o teto e as paredes se encontravam. Nenhum sinal de que estavam se esfacelando para dar lugar a rostos de concreto. Por garantia, ela deu um passo para o lado, para ficar mais ao centro e se afastar da parede.

— Não precisava ter ido me chamar — falou Manu. — Também não estou feliz com o castigo, Isadora. Castigo que *você* arrumou pra gente porque não consegue ficar um minuto quieta.

Encararam-se em silêncio, ambas com os olhos semicerrados, a irritação preenchendo o espaço entre elas. Isadora abriu e fechou a boca. Manu pensou que ela fosse começar uma discussão, mas, em vez disso, Isadora simplesmente lhe deu as costas e saiu andando até sumir de vista ao descer as escadas.

Manu suspirou. Estava se adaptando à distância entre elas, às conversas truncadas quando estavam com amigos em comum, mas vê-la indo embora naquele momento doeu mais do que esperava.

— Que merda, Isadora — xingou. — Não vou correr atrás de você.

O chiado das paredes se transformou em batidas fortes que pareciam vir do interior. Os ruídos se alongaram, passando de barulhos secos para pedaços de palavras, sílabas cuspidas no vazio.

Eu… Já… Mor… Eu…

Manu estava acostumada com os gritos e o sibilo das paredes, mas nunca tinham tentado de fato *se comunicar* com ela. Esfregou os braços, arrepios cobrindo a pele. Não havia confirmação de que esses barulhos eram causados pelos fantasmas dos alunos mortos, mas essa era a teoria mais forte que corria pelo campus, e a que parecia mais plausível para Manu. Afinal, o que mais poderia ser? Das instituições focadas no ensino do sobrenatural no Brasil, a Agnes Dantas era a única com tantas mortes, sombras e barulhos percorrendo os corredores — pelo menos até onde se sabia. A necessidade de convocar pesquisadores de outra universidade para desvendar aquelas mortes era outra prova de que alguma coisa estava errada.

Sentindo mais um arrepio, Manu pegou os fones de ouvido na bolsa e ligou a música do celular no volume máximo, abafando qualquer tentativa de conversa bizarra. Alunos e funcionários já haviam sido afastados por conversarem com as paredes, e ela se recusava a ser mais uma na lista. Enquanto se dirigia à sala de aula, teve o cuidado de se manter no meio dos corredores.

"É só mais uma atividade extra", pensou. "Só isso."

Ela dava conta das aulas e dos trabalhos extras há quase um ano e meio; conseguiria aguentar o castigo de Fátima também — e se sairia bem nele, mesmo que isso lhe custasse suas poucas horas de descanso.

Três

— É óbvio que só querem gente pra trabalhar de graça — resmungou Isadora, subindo para o segundo andar, segurando sua ecobag bordada com o brasão da Agnes Dantas. — Se a Fátima acha que o que aconteceu é culpa nossa, devia ter nos mandado arrumar *só a biblioteca*.

— A vida não é justa — comentou Max, ajeitando a mochila no ombro.

Estavam no Instituto de Filosofia e História, um dos prédios mais antigos do campus, com tanto mofo e pó acumulados que Manu já tinha espirrado três vezes. Max e Thiago tinham a primeira aula da manhã ali — uma cadeira de filosofia obrigatória para Max e eletiva para Thiago, que só queria passar mais tempo com o namorado. Isadora, que estudava história no instituto, escolhera faltar na primeira aula do dia para começar o castigo logo.

Todas as opções de punição eram meio injustas, se analisasse bem. Manu poderia morrer como outros alunos, ser soterrada por livros ou ficar presa a Isadora em um castigo sem noção. *Incrível*.

— Por que ninguém me impediu de prestar vestibular pra cá? — reclamou ela.

— Deixa de drama, Maria Manuela — respondeu Thiago, abraçando Manu, que apoiou a cabeça no ombro dele. —

Você e Isadora praticamente nos obrigaram a fazer a prova também.

Manu e Isadora trocaram um olhar. A sombra da discussão do dia anterior ainda pairava entre elas, sempre que uma espiava a outra, suspiravam alto ou reclamavam do castigo. Ambas estavam com raiva, mas tinham entrado em um acordo não declarado de que ignorariam os sentimentos uma da outra.

"Muito maduro", pensou Manu, sem vontade nenhuma de melhorar o mal-estar. Estava morrendo de sono depois de quase ter virado a noite escrevendo o artigo de ética em serviços de divinação. Quando finalmente deitou, as lembranças de rostos saindo da parede da biblioteca a impediram de relaxar. Ao dormir, sonhou com olhos vazios e baratas saindo de bocas de concreto.

— Eu não obriguei ninguém — defendeu-se Isadora. — Tenho bons argumentos, é diferente.

Thiago riu, mas não discordou. Manu pensou em rebater, mas seria mentira. Isadora *tinha* bons argumentos. E, juntas, elas haviam convencido Thiago e Max de que se mudar para o interior do estado e estudar em uma universidade assombrada era a melhor decisão para o ensino superior — o que não foi tão difícil assim, já que os quatro tinham o mesmo interesse por magia.

Manu e Thiago eram vizinhos desde crianças, e se aproximaram de Isadora no ensino fundamental. Max chegou no início do ensino médio, arrastado por Isadora, e se tornou parte inseparável do grupo em poucos meses, muito antes de começar a namorar Thiago. Os três tinham facilidade em manipular energia para realizar pequenos feitiços, fazendo previsões em borra de café e criando ilusões que não eram incríveis, mas que tinham sido o bastante ao prestarem vestibular pela segunda vez. Manu não tinha a mesma habilidade que os amigos, mas era esforçada o suficiente e também foi aprovada na segunda tentativa do exame exaustivo — foram três dias de provas gerais para todos, e uma específica para ela e Thiago, que tinham se inscrito em artes visuais.

A única pessoa que não tinha achado uma boa ideia fora Juliano, o último integrante do grupo de amigos mais próximos de Manu. Os pais se mudaram para Vista da Estrela, cidade da Agnes Dantas, quando o ensino médio do filho acabou, mas ele continuou morando em Porto Alegre e foi estudar química na Universidade Federal do Rio Grande do Sul. Apesar do seu ceticismo, Juliano pediu que os pais abrigassem Manu até que a universidade liberasse a bolsa e ela conseguisse se mudar para uma república — a mesma em que morava Isadora, para alegria de Manu na época. Vista da Estrela era uma cidade com outras duas universidades além da Agnes Dantas e várias repúblicas para receber todos os estudantes que chegavam a cada semestre.

Depois, quando pararam de se falar, Manu desejou ter escolhido qualquer outro lugar.

Ao chegarem no segundo andar, Thiago e Max se apoiaram na mureta com vista para o saguão. Dois anos antes, um rapaz tinha se jogado dali; ele não morreu na hora, mas sim alguns dias depois, quando o namorado o esfaqueou e se matou em seguida. Manu se manteve um pouco distante da mureta, e não deixou de notar que Isadora fez o mesmo.

— O que vocês acham que mudou? — perguntou Manu, apontando para baixo.

Naquela manhã não tinha ninguém caído lá embaixo. Os únicos pontos imóveis eram os dois pesquisadores da Arcana — Patrícia e um homem que devia ser Marcos, ou talvez um dos alunos dele no mestrado — conversando com um policial, mostrando um aparelho pequeno e amarelo. Alunos entravam e saíam do prédio, olhando de esguelha para os três, mas ninguém parecia ter coragem de se aproximar.

Quando os amigos olharam confusos para ela, Manu explicou:

— Por que investigar as mortes agora?

Isadora fez um biquinho, pensativa.

— Não deve pegar bem pra reputação da universidade ter tantos alunos morrendo, né? — Havia um ar de deboche em sua voz.

— O último vestibular teve um aumento no número de inscrições — falou Manu, balançando a cabeça.

— Como você sabe disso? — perguntou Max.

— Manuela continua a mesma nerd de sempre — comentou Isadora enquanto fazia um rabo de cavalo frouxo.

Manu fez careta. O número de inscrições era disponibilizado no site da Agnes Dantas, e os jornais faziam matérias com chamadas escandalosas todos os anos sobre os cursos da universidade. Não era questão de ser nerd; até quem fazia piada com os alunos sabia daquilo. E Isadora também, Manu tinha certeza. Mas por que ela perderia a chance de ser implicante? E por que Manu estava caindo na pilha da Isadora? Ela apertou sua ecobag, que também trazia consigo.

— É por causa das mortes que todo mundo quer estudar aqui — falou.

Thiago passou os dedos pelo cabelo castanho e a encarou, curioso.

— Essas mortes acontecem há anos — lembrou Manu. — Isso nunca diminuiu o interesse das pessoas. Todo mundo quer estudar aqui *por isso*.

— Pela chance de ser morto ou de se matar?! — Max arregalou os olhos escuros. — Foi pra isso que vocês insistiram pra gente estudar aqui?

— Pra viver alguma coisa empolgante — disse Manu.

— Pra fazer parte da magia — falou Isadora ao mesmo tempo.

Elas trocaram outro olhar, e Manu sentiu uma energia ansiosa percorrendo seu corpo.

Pelo menos aqueles foram os motivos que a fizeram prestar o vestibular duas vezes. A Agnes Dantas era especial, com seus corredores barulhentos, trabalhos exagerados e todo o conhecimento que ela não teria em uma universidade comum, nem mesmo nas outras universidades sobrenaturais. A Universidade Arcana de Minas Gerais podia ter um programa focado na manipulação de energia vital, Brasília, um instituto dedicado inteiramente à transmutação, São Paulo, uma universidade referência na área da saúde, e Salvador, todos os cursos voltados para unir magia à tecnologia — de novos modelos de canetas até robôs que de vez em quando faziam sucesso na internet. Mas na Agnes Dantas havia um pouco de tudo isso: os cursos se aprofundavam nos assuntos até exaurir os atuais alunos, e os ex-alunos em qualquer oportunidade falavam da sensação de estar sempre no limite entre a vida e a morte, e de como isso estimulava a criatividade e a capacidade de resolver problemas. Era algo que a própria Manu também sentia às vezes, ao misturar diferentes tintas para compor um desenho que se transformaria em uma ilusão, ou quando estava absorta em algum texto teórico sobre esculturas antigas moldadas com magia.

Em alguns momentos, o cansaço a fazia esquecer o quanto tinha se esforçado para estar ali; mas ao encarar novamente as rachaduras nas paredes e o movimento dos alunos e funcionários no andar de baixo, seu coração acelerou, lembrando-a que ela fazia parte de algo maior que si mesma, tão grandioso que era complicado de explicar até para quem ficava seis dias por semana no campus. Por isso suas notas importavam tanto, e ela sentia que não conseguia respirar a cada prazo que chegava ao fim. Manu tinha escolhido aquele lugar estranho, com esqueletos enterrados e fantasmas à espreita, e amava cada pedacinho dele, apesar de tudo — ou *por causa* de tudo.

A parede do outro lado do saguão estalou alto, uma rachadura fina e escura se abrindo na tinta branca. Lá embaixo, Patrícia, seu colega e o policial olharam na direção do som. Enquanto os pesquisadores anotavam alguma coisa, o policial fez o sinal da cruz.

Isadora bufou e balançou a cabeça.

— Eu não tenho o dia inteiro...

Manu revirou os olhos, mas se despediu de Thiago e Max. Isadora fez o mesmo, e as duas seguiram pelos corredores em silêncio. Manu ensaiou inícios de conversas na cabeça, mas as palavras travaram em sua garganta. Se Isadora quisesse conversar, não a teria deixado falando sozinha no dia anterior.

Elas subiram mais um andar, com uma lista dos locais que precisavam ser limpos: banheiros, salas de aula e alguns laboratórios espalhados pelo campus. Começar justamente pelo prédio em que Isadora estudava tinha sido um pedido da reitora — na verdade, analisando melhor, fora mais uma ordem: estava escrito no topo da lista que a investigação começaria por ali e que a faxina era urgente.

Isadora alongou os braços, e a blusa preta subiu, exibindo a tatuagem de chaves na cintura. Manu mordeu o lábio e desviou o olhar, sentindo que, se olhasse demais, os pensamentos que tentava esconder até de si mesma seriam despejados em sua mente sem controle nenhum.

Para evitar pensar, ela abriu a ecobag e examinou os materiais que tinham pegado no depósito: um pacote de velas brancas e uma caixa de fósforos, um pote de vidro de sal, alguns saquinhos de ervas e um disco fino e pequeno de prata. Também tinham trazido algumas placas amarelas dizendo "Manutenção", que Manu pendurou na porta do banheiro feminino para que ninguém entrasse enquanto estivesse trabalhando.

— É assim que as pessoas morrem nos filmes — disse Isadora, indo para o outro banheiro. — Se separando.

Manu olhou para ela.

— Ninguém morre durante o dia nos filmes.

Mas na Agnes Dantas, sim.

Os sons estavam suaves e o fluxo de pessoas pelos corredores era contínuo, mas, ainda assim, ao entrar no banheiro e acender a luz, Manu se manteve longe das paredes, temendo que a qualquer momento braços saíssem para agarrá-la.

Ela olhou para seu reflexo no espelho sujo: o cabelo crespo preso e as olheiras disfarçadas com maquiagem. Ajoelhou-se e organizou as velas em um triângulo, pondo o disco no meio. Fez um círculo de sal em torno delas e as acendeu. A luz do banheiro piscou duas vezes, mas Manu ignorou.

Tocou o piso com a ponta dos dedos e se concentrou no ar ao seu redor. Era normal que cada feitiço deixasse um rastro, uma marca invisível e fraca, como o resquício de tinta em um pincel, sempre interferindo nas próximas pinturas, impedindo que outras cores aderissem direito — só que, nesse caso, os resquícios de magia impediam que outros feitiços fossem feitos corretamente.

Os dois primeiros semestres de todos os cursos ensinavam os alunos a reconhecer feitiços. Era fácil para a maioria daqueles que já tinham contato ou inclinação para magia, mas Manu precisava se esforçar duas vezes mais para encontrar o ponto certo de equilíbrio e rasgar o fino véu que separava o natural do sobrenatural.

"Todo mundo pode tocar a magia", dissera um professor no primeiro semestre. "Ela é água, fogo, terra e ar. É o coração de vocês." A professora do segundo semestre tinha sido mais intransigente: "Esse é o truque de mágica mais forte que existe, mas basta ter força de vontade". Não era bem verdade. Era preciso pelo menos alguma predisposição, por menor que fosse, e uma afinidade com os elementos básicos.

Um zumbido baixo se ergueu, como vários mosquitos voando ao mesmo tempo, misturando-se aos lamentos abafados das paredes. O pingente de ônix esquentou no peito de Manu.

Com o dedo mindinho, ela abriu uma fissura minúscula no círculo de sal. Esse era o segredo para atrair os fragmentos de magia. Normalmente, o sal criava uma barreira, impedindo que os feitiços atravessassem — mas a magia, assim como as pessoas, sempre se interessava mais pelo que era proibido, por isso era atraída pela barreira, e conseguiria transpassá-la graças à pequena falha no círculo.

Manu se levantou e deu um passo para trás. Esfregou os braços, sentindo a temperatura subitamente mais baixa enquanto as velas queimavam devagar. O disco no centro do triângulo tremeu devagar, batendo no chão. "O trabalho em si não é difícil", Manu admitiu para si mesma. O maior problema era o tempo gasto e a humilhação de ser punida pela própria reitora.

Enquanto esperava, Manu se sentou na tampa do vaso da cabine em frente ao círculo de sal. Conferiu o celular, que não tinha notificações, então levantou o olhar para os rabiscos que cobriam as paredes: anos de anotações empilhadas, frases de efeito, conversas em três tons diferentes de caneta permanente, declarações de amor e anúncios. Na parte inferior da cabine, estava escrito com uma caneta fina e vermelha: *Cecília M. deu pro Matheus B.* Ao lado, outro xingamento chamou a atenção de Manu: *Isadora Carvalho é mais: puta, piranha, vadia, burra.* Ao lado de cada palavra, havia vários quadrados, alguns já marcados com um x. Votos em cada uma daquelas palavras.

Manu cerrou os punhos. Torceu para que se tratasse de outra Isadora com o mesmo sobrenome, mas duvidava muito que fosse apenas coincidência. A irritação cresceu em seu peito, um sentimento de impotência.

A porta do banheiro abriu e fechou com um estrondo, fazendo Manu pular de susto e seu coração disparar. As velas tinham começado a queimar com rapidez e já estavam quase no fim, a poça de cera tocando o sal. O disco de prata estava um pouco mais grosso, o centro colorido e as bordas escurecidas, absorvendo a energia mágica. Irritada, Manu o guardou na sacola e, com gestos automáticos, jogou o resto de sal e cera no lixo.

Saiu do banheiro e encontrou Isadora sentada na escada. Ao lado dela estava um rapaz loiro com uma camisa branca de botões e mangas dobradas até os cotovelos, e cabelo cor de areia bagunçado, como se tivesse acabado de sair da cama. Manu tentou lembrar se já o tinha visto antes, mas ele parecia com metade dos alunos da Agnes Dantas.

O garoto se inclinou e cochichou algo no ouvido de Isadora, que riu. Quando se afastou um pouco, o olhar dele recaiu sobre Manu.

— Oi — disse ele, acenando com a cabeça.

Manu retribuiu o gesto. Um funcionário da limpeza passou por eles mexendo no celular e cumprimentou apenas Manu e Isadora. O rapaz semicerrou os olhos azuis para o homem, que já descia as escadas e nem reparou.

— Esse é o Lucas — apresentou Isadora. — Mestrando da Arcana.

— Tipo isso — disse ele, batendo com a ponta dos dedos nos joelhos e cantando baixinho uma música incompreensível.

Os murmúrios nas paredes aumentaram, acompanhados

do som de unhas arranhando metal. Uma lasca de concreto voou, acertando a parede oposta. Manu e Isadora fizeram careta.

Isadora se apoiou em Lucas, a mão na perna dele.

— É só uma movimentação normal — garantiu o garoto, colocando a mão sobre a de Isadora e sorrindo para ela. — Eu acho.

Isadora também sorriu.

— Que bom que vocês vieram descobrir o que está acontecendo — disse ela. — Até me sinto mais segura com você aqui.

Manu franziu os lábios e olhou as paredes, o chão, as unhas pintadas de preto — qualquer coisa era mais interessante que os dois. Não conseguia explicar por que sentia aquela irritação, tampouco o desejo de se afastar deles. "É só a Isadora", ela lembrou. "Nada com que você já não esteja acostumada."

— O que vocês investigaram até agora? — Isadora perguntou.

— Não sei muitos detalhes. Faz tempo que não encontro minha orientadora. — Lucas deu de ombros, o movimento fluido e rápido. — Preciso ir agora.

— A gente se vê? — Isadora ajeitou o rabo de cavalo.

Lucas assentiu.

— Espero que sim.

Ele se levantou e limpou as mãos na calça jeans preta. Piscou para Isadora, sorriu para Manu e desceu as escadas. Manu segurou o impulso de revirar os olhos. É claro que Isadora arranjaria tempo no meio daquilo tudo para dar em cima de alguém.

Elas criaram um ritmo, as horas passando enquanto subiam os andares. Todos os banheiros pelos quais Manu passou tinham xingamentos à tal da Cecília M., e três deles também falavam sobre Isadora, mas, se a ex-amiga notou alguma coisa enquanto fazia sua parte, não demonstrou.

O silêncio entre as duas foi diminuindo aos poucos, conforme o tédio vencia o orgulho. Enquanto reclamavam sobre os alunos irresponsáveis pichando as portas dos banheiros, Manu se lembrou de como era fácil conversar com Isadora, natural, algo que ela já tinha percebido que sentia falta, sim, mas não fora capaz de dimensionar o quanto. Conforme percebia isso, sentia o ímpeto de sair correndo e, ao mesmo tempo, desejava que o castigo durasse um pouco mais.

— A gente tem mesmo que limpar aqui? — perguntou Isadora, tirando Manu de seus pensamentos. — Está tudo abandonado, não faz diferença. Ninguém nem usa esse andar.

Do patamar da escada do sétimo andar, as duas observavam as salas fechadas com correntes e cadeados, e o som nas paredes explodia como a bateria de uma banda de metal. Manu apertou o interruptor algumas vezes, mas nenhuma luz se acendeu. No final do corredor longo e escuro, um conjunto de janelas estava coberto com tábuas de madeiras onde antes havia vitrais, e o vento se esgueirava pelas frestas. Ela encolheu os ombros. Estava acostumada à universidade, aos seus barulhos e desconfortos, mas alguma coisa naquele corredor a fazia querer recuar, descer correndo e voltar para a proteção do sol do meio-dia. Em vez disso, apenas apertou o pingente de ônix.

— Só tem um banheiro aqui — disse, apontando para uma porta não muito distante. — Nós limpamos juntas, vai ser rápido.

Isadora soltou um muxoxo, mas assentiu.

Ao se aproximarem, Manu percebeu que a porta estava torta, pois a parte de cima tinha se soltado da dobradiça, e uma luz branca vazava pela abertura. Isadora puxou a maçaneta, e o som da porta abrindo ecoou como o grito de um animal ferido.

Elas entraram no banheiro juntas, sem fazer barulho, trocando um olhar cauteloso. Os gritos e lamentos ficaram no corredor, o silêncio do banheiro era quase palpável. O lugar tinha a mesma estrutura dos anteriores, quatro cabines, quatro torneiras, uma pia longa e um espelho, mas com um aspecto sujo e abandonado. O espelho era cheio de manchas vermelho-ferrugem, e as paredes, mofadas. Não importava o quanto Manu se esforçasse para sentir a energia mágica remanescente ali, a conexão se afastava, deixando apenas uma sensação oca na ponta de seus dedos.

Isadora começou a ativar o feitiço e organizou as peças no meio do banheiro. Seu disco de prata agora lembrava várias moedas empilhadas de forma irregular, com cores vivas ondulando nas superfícies.

Sem ter o que fazer, Manu espiou o interior das cabines, curiosa, mas nem um pouco empolgada com a perspectiva de encontrar novos xingamentos. Para seu alívio, não havia nada na primeira. Já na segunda, os insultos eram para Cecília M., gravados com alguma coisa pontiaguda.

— O que você tá vendo aí? — perguntou Isadora. Um barulho ecoou antes dela gritar: — Ai, mas que merda! Ninguém usa esse banheiro porque tá todo estragado.

Manu saiu da cabine e viu Isadora tentando encaixar uma das torneiras de metal de volta à parede. Um pouco de água escorria, num fluxo não muito intenso. Quando ia perguntar como Isadora tinha quebrado a torneira, Manu foi interrompida por uma risada baixa que reverberou pelo espaço.

— É agora que você começa a pedir para os fantasmas ficarem quietos — disse Isadora quando a risada parou, olhando para Manu pelo espelho sujo.

Manu estreitou os olhos para ela.

— Por que você é tão implicante?

— Eu gosto de como você fica vermelha — respondeu Isadora.

Manu sentiu as bochechas esquentarem automaticamente. Isadora riu baixinho e voltou sua atenção para a torneira mais uma vez. Manu enrolou o dedo mindinho no cordão com o ônix e ficou observando.

Outra risada preencheu o ambiente, dessa vez mais alta e engasgada. Isadora deixou a torneira cair dentro da pia. Depois de alguns instantes, o fluxo de água parou abruptamente, e Isadora deu um pulo para trás, indo para perto de Manu.

A temperatura subiu até o banheiro ficar abafado, e uma água suja começou a escorrer pelas paredes cheias de mofo. As velas se apagaram, e o sal se espalhou pelo chão, desfazendo o círculo. O disco estremeceu e caiu. Rolando cambaleante por causa das partes irregulares, ele foi diminuindo rapidamente de tamanho, expelindo toda a magia que havia sugado dos outros banheiros.

Manu e Isadora se olharam e deram as mãos, por reflexo.

Quando olharam para a frente, nenhuma das duas estava refletida no espelho, mas atrás delas, na porta das cabines, havia uma garota de cabelo loiro caído ao redor do rosto coberto de hematomas. Ela usava um vestido branco com um grande buraco sangrento na barriga e tinha um corte no pescoço. Sangue escorria devagar dos ferimentos, manchando o vestido pouco a pouco.

Manu arriscou virar para trás, mas não viu nada além das cabines de portas abertas. Quando Isadora apertou sua mão, ela virou para a frente de novo.

A garota do espelho erguia uma faca suja de sangue na direção das duas.

Mais tarde, Manu não saberia dizer quem foi a primeira a gritar.

Quatro

As luzes do banheiro piscaram em um ritmo constante. A garota loira se inclinou para a frente, os olhos vazios e escuros como dois poços sem fundo.

Manu mordeu o interior da bochecha, engolindo um novo grito. "Pense", disse a si mesma, mas até isso era difícil. Ao seu lado, Isadora tinha parado de gritar e enfiava as unhas cada vez mais fundo na mão de Manu, murmurando:

— Não é real. Não é real. Não é...

— Oi, meninas — disse a jovem no espelho.

Manu sentiu o gosto metálico de sangue na boca ao morder a bochecha com mais força. Isadora choramingou algo incompreensível. No espelho, a garota sorriu — a boca machucada se abriu como um buraco com bordas vermelhas, amarelas e roxas. Uma bolha de pus estourou em sua bochecha, e ela limpou a secreção com a mão. Seu corpo oscilou por um instante, desaparecendo e ressurgindo em um piscar de olhos.

Manu engoliu em seco. Se conversar com as vozes nas paredes estava além de seus limites, encontrar fantasmas dentro de um espelho extrapolava tudo que ela imaginara. Não era possível que aquele castigo se transformaria em uma experiência de vida ou morte. O medo cravou-se no peito dela com mais força do que as unhas de Isadora em sua mão.

— Faz tempo que ninguém vem no meu banheiro. — A voz soou aguda, distante e quebradiça, como se não fosse usada havia muito tempo. — Ninguém, ninguém. Obrigada pela limpeza, mas prefiro manter as proteções. Tantas proteções... E mesmo assim vocês estão aqui.

Ela segurou a faca com mais força, os nós dos dedos ficando brancos. Era uma faca grande, de lâmina lisa, como a que o pai de Manu usava para fazer churrasco. Mas dessa pingava sangue.

— Certo...? — falou Manu, mas o medo fez a palavra soar como uma pergunta.

O sorriso machucado aumentou.

— De verdade, obrigada mesmo. Mas eu prefiro assim. Prefiro *mesmo*.

Manu olhou para as paredes. Água suja escorria pelos azulejos, levando o mofo junto e formando poças escuras no chão. Fissuras surgiram no rejunte, abrindo passagem para baratas e aranhas minúsculas saírem, guinchando de um jeito que Manu nem sabia que era possível. Era impressão sua ou as poças formavam bolhas quando os insetos caíam nelas?

Um gemido grave estremeceu o banheiro, vindo não da garota no espelho, mas das paredes, do rejunte, das portas das cabines.

Manu sentiu a garganta se fechar, dolorida, como se o som tivesse sugado todo o ar do ambiente. Tentou respirar fundo, mas foi uma péssima decisão: um cheiro de carne podre se impregnou em seus sentidos, preenchendo sua boca e embrulhando seu estômago.

Isadora ficou tensa e soltou a mão de Manu, apoiando-se na pia, atordoada. Murmurava uma torrente indecifrável de palavras.

Dentro do espelho, a garota loira ainda sorria. Sangue

escorreu de uma ferida na sobrancelha, acumulando em seus cílios por alguns segundos, até uma única gota cair.

Isadora começou a gritar mais alto do que os gemidos, que pararam abruptamente. A porta do banheiro rangeu e se balançou nas dobradiças ainda intactas, deixando as sombras do corredor entrarem, mas logo em seguida se fechou com uma batida e voltou a abrir alguns centímetros.

Manu acompanhou algumas vezes o movimento que se repetia. A adrenalina não deveria fazer com que agisse mais rápido? Mas seu raciocínio estava lento, viscoso.

— Rafael já encontrou vocês? — perguntou a garota, por cima dos gritos de Isadora. Olhou para os lados por um instante, assustada. — Já é tarde demais?

Manu apertou o braço de Isadora e a puxou para perto. A porta se abriu e se fechou mais uma vez com um estrondo. Será que ninguém lá embaixo estava ouvindo? Não era possível que os lamentos nos corredores estivessem abafando os gritos de Isadora.

Parecendo acordar do transe, Isadora empurrou Manu para a saída e tropeçou nela ao se lançar contra a porta, que mesmo depois de empurrões, chutes e socos, não abriu mais do que aqueles poucos centímetros.

— Mas que porra… — disse Isadora, mas as palavras se perderam porque ela começou a engasgar, curvando-se, as mãos nos joelhos e o corpo todo tremendo.

Quando a agitação diminuiu, ela se arrastou até a pia, os olhos arregalados e as bochechas vermelhas. Mais uma vez, Manu a segurou pelo braço e tentou puxá-la de volta para a porta, mas agora Isadora nem se mexeu, congelada no lugar. De dentro do espelho, a outra garota as observava, em silêncio.

Manu a encarou de volta: a trilha de machucados, o vestido tomado pelo sangue, com pontos amarronzados como se fossem manchas mais antigas, que não estavam ali minutos antes quando ela surgiu. Filetes vermelhos continuavam escorrendo da faca, dos ferimentos no rosto, do corte grosseiro no pescoço. Manu engoliu em seco, o peito doendo.

— Você está morta — sussurrou, sentindo-se burra por não ter entendido antes. Deveria ser óbvio, depois de tanto tempo na Agnes Dantas, mas uma coisa era saber que a universidade era assombrada; outra era ver um fantasma assim, tão claramente.

Ao seu lado, Isadora soltou um ruído estrangulado. Manu encolheu os ombros.

— Morta, mas aqui pra sempre — cantarolou a fantasma. — Sempre, mesmo se eu não quiser.

O estômago de Manu revirou e suas mãos doeram. Era tão óbvio que ela se sentiu estúpida por não ter percebido no instante em que os reflexos dela e de Isadora sumiram do espelho. A Agnes Dantas era cheia de fantasmas; não devia ficar surpresa por encontrar um, devia?

— Não tentem fugir de novo — pediu a jovem, os olhos passeando pelo banheiro. Seu corpo desapareceu e ressurgiu um segundo depois. — Vocês não percebem que é pior? É sempre pior correr. — Ela tocou a borda do buraco na barriga, a expressão pensativa por um momento. — Muito pior.

— Não vamos fugir — garantiu Manu, devagar, esforçando-se para não parecer desesperada. — Nós só vamos…

A fantasma fez que não com a faca.

— Embora? Não é seguro. Não, não. É melhor ficar aqui. Vamos conversar! — Ela se virou para Isadora. — Você tem sido uma garota má. Tem, sim.

Isadora negou com a cabeça. O rabo de cavalo se desfez, os fios escuros balançando ao redor do rosto dela.

— Eu não fiz nada — respondeu, apressada.

Manu foi em direção à porta, que continuava balançando e rangendo. Apoiou o ombro e a forçou para fora, mas era como se algo impedisse a abertura. Ela socou a porta de novo, pontadas geladas de medo quebrando o calor em seu corpo. Gritou que estava presa no banheiro e pediu socorro. Talvez ninguém estivesse ouvindo, ou talvez seus gritos se misturassem aos lamentos nas paredes e já achassem que elas estavam mortas. Sentiu o pânico subir pelo peito e respirou fundo mais uma vez. Não podia morrer antes de entregar os últimos trabalhos do semestre.

— O que você quer? — perguntou Manu, dando as costas para a porta.

De onde estava, era possível ver a jovem dentro do espelho com a expressão pensativa.

O mal-estar aumentou, e Manu sentiu uma pressão nas costas, como se mãos invisíveis a empurrassem. Fincou os pés no chão, mas o empurrão era mais forte. A garganta ressecada doeu e o ar queimou seus pulmões, aquele fedor de putrefação a deixando enjoada.

Então resolveu parar de fugir, por mais difícil que fosse resistir ao impulso — queria mais que tudo sair daquele banheiro infernal. Mas ainda que a porta se abrisse magicamente, não poderia deixar Isadora, que parecia presa num estado de choque e pavor. Não lembrava de já tê-la visto assim, o que tornava a situação muito mais assustadora. Manu se deixou levar até a pia, segurando o pingente de ônix. A pedra pulsou em seus dedos, feito um coração fora do peito. Quão subjetiva era uma proteção? Tia Denise havia explicado que a joia retinha sua energia para ser utilizada quando precisasse de força ou segurança ao elaborar um grande feitiço. Pelo visto, não havia cogitado que um dia Manu precisaria abrir uma porta trancada por uma assombração, pois aquilo estava fora do alcance de seu amuleto.

— Por que ela te trata tão mal? — perguntou a fantasma para Manu. — Namoradas não deveriam se tratar assim.

Manu abriu e fechou a boca algumas vezes, sem conseguir formar nenhum pensamento coerente. Isadora fez que não, ainda que parecesse estar perdida dentro da própria cabeça.

— Ela não é minha namorada — rebateu Manu. — É minha... minha amiga.

Os olhos pretos da fantasma reluziram. Ela moveu os dedos, e o cheiro podre do ambiente se suavizou.

Isadora cambaleou para trás, parecendo retomar o controle do próprio corpo, e levou as mãos ao pescoço, tossindo. Piscou várias vezes antes de perguntar em um sussurro aflito:

— *O que aconteceu com você?*

A garota morta segurou a faca com mais força e a aproximou do corpo, a ponta da lâmina roçando o ferimento na barriga.

— O que aconteceu com *você*? — devolveu a pergunta à Isadora, nervosa. — Por que está brigando com sua namorada? Ele vai... É isso que ele quer, o que ele sempre quer...

Ela abraçou a faca e seu corpo começou a tremer violentamente. O cheiro de putrefação retornou, e a fantasma murmurou palavras emboladas e sem sentido.

— Isadora não é minha namorada — repetiu Manu.

— Não precisa mentir pra protegê-la — respondeu a garota do espelho, a voz aguda. — Eu já estive no seu lugar, não precisa mentir pra mim.

Manu sentiu os dedos de Isadora tocando os seus. Elas deram as mãos instintivamente.

— Ela está rejeitando você e te tratando mal — continuou a fantasma, parecendo falar mais para si própria. — E depois ela sorri e você acha que está tudo bem.

Manu não lembrava direito da última vez em que achou que estivesse tudo bem. Desde que se afastara de Isadora, sempre parecia haver alguma peça fora do lugar em sua vida. Repetia para si mesma que era coincidência, só podia ser. Não havia mais nada entre elas, não desde a última vez em que Manu agiu sem pensar...

A memória se infiltrou em sua mente, sorrateira — a lâmpada multicolorida da festa na casa de um dos colegas, a música alta, o copo de cerveja derrubado, Manu lambendo cerveja e suor do pescoço de Isadora até chegar à sua boca, os gritos e assovios de comemoração dos amigos por causa do beijo. Isadora se trancando no banheiro por meia hora até Manu desistir e ir embora da festa.

— Não somos namoradas — reafirmou Isadora.

A firmeza da voz dela trouxe Manu de volta ao presente. Como se para confirmar o que dizia, Isadora apertou sua mão.

O espírito, que continuava olhando para elas, afastou a faca do corpo, erguendo-a um pouco acima da cabeça. Manu engoliu um grito. Então esse seria seu fim, morta por uma fantasma que acreditava mais em sua vida amorosa do que ela própria? Soltou uma risada que fez sua garganta doer.

— Manuela — chamou Isadora.

Manu sacudiu a cabeça, ordenando os pensamentos. Isadora encarava fixamente a torneira de metal abandonada dentro da pia. Mexeu os lábios sem emitir som, mas Manu entendeu mesmo assim.

Virou-se para o espelho e encarou a morta.

— Você tem um nome? — perguntou Manu, tentando ganhar tempo. — Quem fez isso com você?

A garota deu de ombros e balançou a faca mais uma vez.

— E importa? — Ela estreitou os olhos. Parecia curiosa.

— Foi você quem matou o Daniel? — A acusação fez a voz de Manu estremecer. O rapaz tinha morrido afogado em uma bacia de revelador, e não esfaqueado, mas isso parecia irrelevante no momento. — E os outros antes dele? Eles não mereciam morrer.

— Você os conhecia?

Isadora deslizou a mão pela pia, em direção à torneira que derrubara mais cedo, e moveu os lábios em silêncio, provavelmente proferindo um feitiço que Manu não conseguiu decifrar.

— Não — respondeu Manu. — Não conhecia nenhum deles.

— Então não sabe se mereciam ou não. Mas não, não, não. Não cheguei em nenhum deles antes. Ninguém veio me visitar antes de voc...

A frase foi cortada ao meio quando Isadora ergueu a mão e acertou o espelho com a torneira de metal. O vidro rachou e desfigurou a fantasma, dividindo-a em vários pedaços.

No espelho rachado, a garota olhou para si mesma enquanto seu corpo desvanecia até sumir. Abriu a boca, em choque, e arregalou os olhos. Os dedos se afrouxaram, e a faca começou a cair, mas desapareceu antes de tocar o chão.

Manu e Isadora correram juntas para a porta, de mãos dadas. Dessa vez, não encontraram resistência. Qualquer que fosse a magia que as prendia ali, tinha sido quebrada junto com o espelho.

O andar de baixo estava cheio de gente. Provavelmente, as aulas da manhã estavam acabando. Tudo cheirava a desinfetante, suor, perfume, cigarros — cheiros *vivos*, nada de corpos em decomposição.

Manu respirou fundo, o peito pesado. Ela e Isadora acenaram para os colegas no caminho, como se nada tivesse acontecido. Enquanto desciam os andares do prédio, pequenas rachaduras se abriram nas paredes e o reboco esfarelou, chovendo sobre os corredores por onde passavam. Elas apertaram mais a mão uma da outra, sem coragem de se separar.

Maria Manuela Machado — Artigo de ética em serviços de divinação — versão quase final.docx

~~Não deveriam usar o corpo de um aluno morto para tentar prever o futuro, ponto.~~

~~Usar os alunos que morreram na universidade é bizarro.~~

~~Todos têm utilidade na Agnes Dantas, vivos ou mortos.~~

Utilizar o corpo de pessoas mortas para prever o futuro é uma prática que esbarra em algumas questões éticas, uma vez que ainda não há regulamentação sobre o tema. É possível equiparar a divinação com os mortos com o uso de corpos para os estudos da medicina — e, da mesma forma, esta deve ser autorizada em vida pela própria pessoa. Sem autorização prévia, essa liberação pode ou não vir da família; cada caso deve ser avaliado isoladamente.

Na Universidade Agnes Dantas, há documentação da prática ao menos desde 2015, data em que os registros da instituição foram disponibilizados online, além de menções a grupos de estudos sobre o tema no arquivo físico da instituição.

Cinco

— A aparição mandou você parar de tratar sua namorada mal?

Era a terceira vez que Patrícia fazia a mesma pergunta, apenas reorganizando as palavras.

Isadora assentiu e Manu pressionou as têmporas, a cabeça latejando. Estavam no anexo da reitoria, na sala destinada a Patrícia e Marcos. A luz do sol entrava pela grande janela e iluminava o cômodo, enquanto flores na estante perfumavam o ambiente. Nenhum gemido ou rangido atravessava as paredes daquela sala, para o alívio de Manu.

Ela e Isadora haviam tentado falar com Fátima, mas a reitora só resmungara algo sobre elas continuarem provocando os fantasmas e mandara as garotas relatarem o que tinha acontecido aos pesquisadores.

Manu encarou as próprias mãos, as unhas roídas de nervosismo. Antes de irem até Fátima, elas tinham parado em um banheiro do Instituto de Filosofia e História — que estava em perfeitas condições, com um espelho funcionando normalmente, refletindo apenas os alunos que conversavam no local. Manu correu para uma das cabines, e Isadora foi atrás, segurando o cabelo de Manu, que vomitou até sentir o corpo doer e não restar nada para colocar para fora. Quando

Manu levantou o rosto, Isadora continuou ali, tão perto que era possível sentir a respiração dela em sua nuca.

— Obrigada — disse Manu, a voz vacilando.

A proximidade das duas na cabine apertada não ajudou em nada seu mal-estar.

Isadora assentiu e saiu da cabine. Lavou o rosto e respirou fundo, apertando o balcão da pia. Forçou um pequeno sorriso e então um maior, como se testasse as próprias expressões, mas todas terminavam em caretas irritadas.

Enquanto escovava os dentes, Manu se perguntou se Isadora estava com raiva da assombração, agora que o pânico tinha passado. Não seria surpresa. Era típico de Isadora tentar trocar o medo por algum sentimento que pudesse controlar, ou, pelo menos, que não a deixasse vulnerável. Manu evitou pensar no que *ela própria* sentia, no nó em sua garganta ou em como desejava que Isadora continuasse ao seu lado, de novo, como se nada tivesse acontecido entre elas meses antes. Era mais fácil decifrar as emoções de outra pessoa e ignorar as suas. Se não pensasse nelas, não podiam atingi-la.

— Isso é interessante — disse Marcos no anexo da reitoria, distraindo Manu das lembranças. Ele tinha a pele negra retinta e o cabelo curto. Encarava as garotas com atenção. — Vocês conheciam o rapaz que foi morto na semana passada? Conhecem a namorada dele?

Manu e Isadora negaram. Marcos suspirou, uma ruga se formando entre as sobrancelhas.

— Posso pedir que um familiar venha buscá-las, se não estiverem se sentindo bem — ofereceu Patrícia, sem dar tempo de ninguém falar mais nada.

— Não precisa — Manu respondeu automaticamente.

Os pais dela moravam em Porto Alegre; não fazia sentido deixá-los preocupados a quilômetros de distância — não mais do que já estavam, pelo menos. Na semana anterior, Manu ficara duas horas em chamada de vídeo com Célia e Adriano, convencendo-os de que estava bem e que continuaria inteira até o fim da graduação. Se ligasse agora dizendo que tinha sido ameaçada por uma fantasma, só ia deixar os dois mais nervosos.

Depois de Isadora também recusar, Patrícia agradeceu e recomendou que descansassem antes de voltar ao trabalho. Isadora tentou protestar contra o castigo, mas a professora apenas disse que incluiriam o incidente nas investigações e ficou ao lado da porta, esperando que elas saíssem.

As paredes do lado de fora as receberam com o ruído de sempre. Isadora estendeu o braço e tocou uma delas com a ponta dos dedos. Já Manu cruzou os braços e se esforçou mais ainda para caminhar pelo meio do corredor.

O térreo estava cheio de estudantes sentados em grupos pintando cartazes, e Manu viu o nome de Daniel em alguns.

Ela saiu para o pátio rapidamente, respirando o ar puro pela primeira vez desde a manhã. Seu corpo inteiro doeu, mas pelo menos estava longe daquelas vozes fantasmagóricas e dos arranhões nas paredes. Respirou fundo, sorvendo o cheiro de terra úmida da plantação na lateral do prédio administrativo e de fritura do carrinho de churros do lado de fora das grades que cercavam o campus.

— Ei — chamou Isadora, tocando seu braço. — Você tá bem?

Manu deu de ombros.

— Não sei. O que aquela garota falou...

A lembrança da fantasma no espelho voltou, o rosto machucado, a faca pingando sangue... Manu se encolheu, arrepiada.

— Ela não estava falando coisa com coisa. — Isadora enrolou o cabelo e o prendeu no alto.

— *Você* tá bem? — questionou Manu.

Isadora abriu um grande sorriso, muito mais convincente do que os anteriores, mas ainda restava algum incômodo em seus olhos verdes.

— Ótima — falou com firmeza. Pegou o celular no bolso. — Pronta pra apresentar um seminário daqui a quinze minutos. Obrigada, assombração, por respeitar o horário das minhas aulas — resmungou. — A gente se encontra amanhã de manhã?

Manu abriu e fechou a boca, sem saber o que dizer. Isadora queria se encontrar com ela? Amanhã? Por quê? Para fazerem alguma coisa juntas? Sua expressão devia ter denunciado a confusão, pois Isadora soltou uma risadinha e completou:

— Pra continuar a limpeza...?

— Ah! — Manu assentiu. *Tonta. Tonta. Tonta.* — Não tenho opção, né?

Isadora concordou. O cabelo se soltou, bagunçado, e ela colocou uma mecha atrás da orelha, resignada.

— Não mesmo. Me avisa se alguma coisa acontecer?

Manu sentiu alguma coisa se aquecer dentro dela, mas se recusou a pensar no que poderia significar. Só podia ser estresse. Ela assentiu em silêncio.

Isadora acenou e foi para o prédio do outro lado do pátio.

Manu esfregou os olhos e andou em direção à saída. Como Isadora conseguiria apresentar um trabalho depois de tudo? O quanto de toda aquela tranquilidade dela era verdade? Manu franziu os lábios, uma pontada de irritação rompendo o medo. Tinha visto um fantasma, sim, e daí? Estava inteira, não estava? Era de esperar que, no caminho que escolhera seguir, eventualmente encontrasse uma ou outra assombração — não era motivo para todo esse drama. Não havia sofrido nem um arranhão. Até o cheiro de putrefação não passava de uma lembrança cada vez mais distante.

Estava perto do portão quando esbarrou em alguém. Deu um pulo para trás, o coração acelerando.

— Opa, cuidado! — exclamou Lucas. Ele a segurou pelo cotovelo e, quando a reconheceu, deu um sorriso. — Ah! Eu queria mesmo falar com você.

Manu ergueu as sobrancelhas e balançou a cabeça, desvencilhando-se e indo mais para trás para enxergar Lucas melhor contra o sol. Ele passou a mão pelo cabelo loiro e seu sorriso diminuiu enquanto olhava para ela de cima a baixo.

— Tá tudo bem? — perguntou. No sol, seu cabelo loiro ficava com mechas mais claras. — Parece que você viu um fantasma.

Ele riu, mas o comentário fez Manu estremecer. Aparentemente, se enganar dizendo que estava tudo bem não tinha funcionado. Lucas deve ter percebido o incômodo dela, pois franziu o cenho e parou de rir.

— Espera… Você viu mesmo um fantasma?

Manu o encarou. Como mestrando da Arcana, ele com certeza ficaria sabendo o que tinha acontecido com ela e Isadora, então não fazia sentido esconder. Mesmo assim, a ideia de repetir a história toda em voz alta fez sua cabeça doer de novo.

Ela cruzou os braços e foi para perto das grades, liberando a passagem para o portão. Um grupo levava os cartazes para fora com cuidado. Lucas os acompanhou com o olhar por um instante, então se voltou para Manu novamente.

— Eu também já vi — falou ele. Com a voz mais baixa, acrescentou: — Fantasmas e tal.

Manu esfregou a testa, a dor batucando em seu crânio feito o tique-taque de um relógio. Observou Lucas, a expressão tranquila dele, e pensou na própria insegurança para falar sobre o assunto.

— Eles não gostam muito de mim — continuou o garoto frente ao silêncio dela. — Tento não pensar muito neles pra ver se me deixam em paz.

Como se em resposta, o portão de ferro bateu com força, o som reverberando pelo resto da grade. Minhocas saíram de buracos na grama, rastejando em uma velocidade que não parecia natural. Manu respirou fundo e contou até dez. Segurou o ônix na mesma hora, a pedra gelada em seus dedos, sentindo calafrios pelo corpo. Apesar do sol forte, seus dentes bateram.

— E dá certo? — perguntou, quase em um sussurro.

Seu coração parecia tentar sair pela boca.

— Na maioria das vezes, sim. Mas, nos dias em que fico mais fraco, é impossível evitar.

Manu encarou o rapaz, que mantinha os olhos fixos nela. A ideia de se abrir com alguém acostumado a espíritos não parecia de todo ruim. "E ele faz parte da equipe que investiga as mortes", pensou. Seria tão fácil apenas despejar o nervosismo naquele estranho e esperar que ele e os outros pesquisadores resolvessem todos os problemas da universidade — e, por consequência, sua dor de cabeça.

Ela considerou a ideia por um momento, mas o que saiu de sua boca foi:

— O que você queria comigo?

O sorriso de Lucas voltou.

— Ah, sim. Você pode me passar o número da Isadora?

Manu respirou fundo, engolindo um palavrão. É claro, *é claro* que era isso que Lucas queria com ela. O que mais? Só daria para saber que elas não estavam mais se falando se Isadora tivesse contado para ele, o que Manu duvidava.

Ela apertou mais o ônix, a parte metálica do pingente espetando sua mão. O fiapo de conexão que havia sentido com Lucas se diluiu, deixando apenas irritação.

— Pede pra ela. A Isadora vai ficar feliz em te passar, tenho certeza — respondeu finalmente, tentando não soar irritada.

— Ah. — Lucas dobrou mais a manga da camisa, pensativo. — Desculpa, não sabia que você ia ficar com ciúmes.

— Não estou... — Manu começou a falar, mas desistiu. Por que dar explicações para aquele garoto? Ele via fantasmas, ela viu um fantasma, isso não os tornava melhores amigos.

— Então tá — disse Lucas. — Valeu.

Ele passou a mão pelo cabelo e se afastou andando de costas, o sorriso menos simpático, porém mais bem-humorado, como se achasse graça da irritação de Manu.

Ela respirou fundo e decidiu ignorar.

O celular vibrou no bolso com mensagens da mãe, que Manu decidiu responder depois. Quando levantou a cabeça, Lucas já tinha sumido entre os alunos no pátio, e ela estava sozinha novamente, livre para ir para casa mesmo que tivesse que voltar em breve.

No início da noite, Manu já estava de novo na universidade. Nem mesmo dois comprimidos de dipirona ajudaram com a dor de cabeça, mas não queria ficar matando aula. Tentou se concentrar, porém desistiu quando a discussão se voltou para Daniel e a professora sugeriu levar os alunos até o laboratório em que o corpo tinha sido encontrado.

"Não estou com medo dos espíritos", afirmou para si mesma enquanto se dirigia à sala de Leonel, um dos professores do departamento de artes. Era idiotice ter medo de fantasmas e estudar na Agnes Dantas. Mas também não precisava se enfiar em uma sala onde um estudante tinha morrido poucos dias antes. Não parecia muito ético da professora.

Uma das vantagens de ser monitora de Leonel é que ele liberava uma cópia da chave para todos os seus monitores usarem a sala quando quisessem. Enquanto abria a porta, ocorreu a Manu que se tivesse ido para lá, e não para a biblioteca, no dia anterior, nada daquilo teria acontecido.

A sala estava escura, mas não vazia. Jogados em um pufe grande sob a janela, Max cochilava com a cabeça no peito de Thiago.

Manu entrou em silêncio, tomando cuidado para não acordar os amigos. Thiago também era monitor da matéria, mas, como o professor raramente aparecia na própria sala para reclamar de convidados, Max volta e meia aparecia lá também.

Ela puxou uma cadeira da mesa no canto e se sentou. À sua frente, viu uma pasta de plástico com um post-it dizendo "Manuela, corrigir as provas da turma B" e fez uma careta. Leonel adorava questões subjetivas como "Para você, o que é arte?" e "Qual a sua opinião sobre os movimentos artísticos brasileiros do século xx?". Não havia certo ou errado, Manu precisava ler resposta por resposta e fazer comentários. Ela mesma não tinha certeza se sabia o bastante sobre o tema, mas Leonel estava obcecado com sua pesquisa sobre um pintor do interior do estado, e seus mestrandos haviam se formado no início do semestre, então não tinha ninguém além de Manu e Thiago para fazer aquele trabalho. Hoje, aparentemente, era a vez dela.

Não estava no seu horário de monitoria, mesmo com as mudanças causadas pela pesquisa da Arcana, mas começou a ler as provas. Ficar imersa na opinião de outros alunos funcionava tão bem quanto focar em sentimentos alheios para ignorar os próprios.

Estava fazendo anotações na terceira prova quando os quadros da sala bateram nas paredes, todos ao mesmo tempo, e não tinha nenhuma corrente de ar. A sala pareceu inspirar, as paredes pulsando e rangendo como os resmungos de um velho cansado.

Manu prendeu a respiração.

— Não sei por que eu me esforcei tanto pra estudar aqui — gemeu Max, a voz alerta. — É óbvio que nem o próprio prédio quer ter alunos.

Manu virou para o amigo, que esfregava os próprios braços. Thiago, que também havia acordado com o barulho, balançou a cabeça.

— Pelo contrário. Querem tanto os alunos por aqui que nem mandam os mortos embora. — Ele olhou para Manu. — Como foi o encontro com a loira do banheiro?

Manu piscou, surpresa.

— A Isadora contou pra gente — explicou Thiago. Ele se ajeitou no pufe, passando o braço ao redor da cintura de Max. — Como você tá?

— Bem, eu acho — respondeu Manu, girando o lápis entre os dedos, um gosto amargo subindo na garganta.

Para fugir da atenção dos amigos, pegou o celular e conferiu as últimas mensagens: o pai havia mandado um vídeo com uma receita de carreteiro que queria testar e Juliano avisara que ia para Vista da Estrela em breve. Manu sorriu com a boa notícia em meio aos últimos dias caóticos.

— Bem mesmo? — insistiu Thiago.

Ela guardou o celular a tempo de ver Max revirar os olhos para o namorado.

— É óbvio que não, Thiago! — exclamou ele. — Você acha que elas tavam tomando chimarrão e conversando com a fantasma?

— A gente *estava* conversando...

Max estreitou os olhos para Manu.

— O que *exatamente* aconteceu? — perguntou ele, ignorando Thiago, que estendia os braços para o alto, comemorando dramaticamente o erro do namorado.

Manu deu de ombros e resumiu a história do banheiro. As palavras já estavam começando a perder o sentido. Quando terminou, os amigos a encaravam em choque. A pele retinta de Max o impedia de ruborizar, mas Thiago era branco e estava vermelho o suficiente pelos dois.

— E você só resolveu *voltar pra cá* — disse Thiago.

Manu mordeu o interior da bochecha.

— Pra onde eu iria? Eu tenho aula.

— Você não tá na aula agora — apontou Thiago.

— Fiquei entediada.

Max fez uma careta, mas se sentou no chão, apoiando as costas no pufe.

— Nossa, você tá com febre?

Manu suspirou. Era tão esquisito assim que tivesse voltado para o campus? Ela jogou o lápis de uma mão para a outra várias vezes, se concentrando no movimento.

— A aula estava repetitiva, e tenho todas essas provas pra corrigir e...

— Porra, Manuela — reclamou Thiago. — Isso nem faz sentido.

— Eu preciso da bolsa. Não posso matar aula sem motivo, então vim pra monitoria.

Thiago encolheu os ombros e sussurrou um pedido de desculpas. Manu sabia que, às vezes, os amigos esqueciam que ela era bolsista. Os pais de Thiago e Max podiam muito bem pagar a mensalidade, e Isadora tinha uma madrinha que fazia isso para ela. Manu não. Morar em outra cidade era um gasto pesado, que seus pais faziam um esforço enorme para equilibrar entre todas as despesas de casa. Se ainda tivessem que pagar a mensalidade, Manu não conseguiria continuar estudando. E ela queria continuar; a ideia de sair da Agnes Dantas fazia seu estômago embrulhar.

Como poderia ter uma vida comum e sem graça quando sabia que existia mais no mundo? Que era possível pintar quadros que enfeitiçavam qualquer um disposto a olhar por mais de um segundo e estudar a evolução da magia através dos séculos? Qualquer pessoa podia estudar direito, comunicação ou veterinária, mas nem todo mundo conseguia estudar magia.

Se o preço era limpar a bagunça de feitiços dos outros, corrigir provas que ela nem entendia tão bem e aguentar um fantasma ou outro, bom, ela pagaria. Estava um pouco nervosa porque no momento tudo isso caíra no seu colo ao mesmo tempo, mas tinha certeza de que logo ficaria bem.

— Tá tudo bem — repetiu, dessa vez com firmeza. Cruzou os braços para esconder o tremor nas mãos quando a lembrança da fantasma retornou. — Obrigada por ficar preocupado, mas, sério, se eu fugir daqui cada vez que aparecer um fantasma...

— Não, Manu, é sério, os fantasmas nunca *aparecem*. Eles só ficam nas paredes gritando...

Mas Max deu uma cotovelada em Thiago e o interrompeu dizendo:

— Eu acho que foi bom pra Isadora. Ajuda a construir caráter.

Max riu da própria piada. Manu girou o lápis pela mesa, fazendo um risco torto no tampo bege sem querer.

— Ela estava flertando com o mestrando da Arcana — comentou Manu, revirando os olhos enquanto tirava a borracha do estojo para limpar a mesa.

— Ela estava respirando, então, você quer dizer? — Max sorriu. — É impossível a Isadora não flertar com alguém.

O bom de ter amigos de muitos anos era que eles te entendiam muito fácil. E quando o sorriso de Max se transformou em uma expressão pensativa, Manu soube que ele percebeu a irritação dela, algo difícil de explicar até para si mesma.

— Você sabe disso, né? — perguntou Max, preocupado.

— É, eu sei — concordou Manu, e como sabia.

Conhecia Isadora. Não estava brava com ela por causa de Lucas, *isso* não faria sentido. Era só… um aperto no peito toda vez que pensava nela, a saudade que às vezes a impedia de se concentrar em qualquer coisa, e a culpa porque, se não tivesse beijado Isadora, as coisas estariam como sempre foram.

— Vocês precisam conversar — disse Thiago, baixinho, e logo acrescentou: — Não me olha assim! A gente não tá mais no ensino médio pra vocês agirem como duas adolescentes.

Manu endireitou a postura, empurrando os pensamentos para longe.

— A gente conversou a manhã inteira. Até encontramos uma fantasma juntas!

Thiago balançou a cabeça. Max suspirou.

— Nada como espíritos pra unir vocês de novo — declarou Max.

— Isso! — concordou Thiago. — Comecem especulando sobre o que os fantasmas da faculdade querem com vocês e aí falem sobre como estão com saudade uma da outra.

— Eu não…

— Ah, você sim, Maria Manuela. Você e a Isadora. — Uma tela em branco caiu do cavalete no canto da sala, mas eles nem ligaram. — Vocês duas ficam resmungando pra gente que não precisam uma da outra, mas andam por aí emburradas feito crianças. Vão morrer se conversarem?

Em outro momento, Manu teria rido da escolha de palavras do amigo. Naquele dia, porém, com a lembrança da assombração no banheiro ainda fresca em sua mente, ela estremeceu, e sua cabeça doeu mais ainda.

Seis

A concentração de Manu, que já não estava das melhores, só piorou nos dias seguintes, e ela não queria nem ver a nota da prova de semiótica. Além disso, limpar resquícios de feitiços de tantas salas era exaustivo, e as reclamações constantes de Isadora — a *presença* de Isadora, brilhante feito o sol, radiante apesar dos quinze palavrões que saíam de sua boca a cada dez minutos — faziam a cabeça de Manu girar, mas ela sabia que não era essa a questão.

Não só essa, pelo menos.

Estava pensando demais na garota do espelho.

Sonhou com ela duas noites seguidas e, uma semana depois, se pegou indo, inesperadamente, em direção ao Instituto de Filosofia e História. Ouviu um barulho repentino no meio do caminho e piscou como se acordasse de um sonho, nervosa e sem conseguir explicar a si mesma *por que* estava indo para lá. Seu corpo suava, o coração parecia que ia rasgar o peito e, por mais que tentasse se lembrar do percurso até o prédio em que vira a fantasma, aqueles instantes eram um completo vazio em sua mente.

Ela correu de volta para não se atrasar para a aula de ética, mas a voz da professora durante a apresentação da matéria não passava de um ruído de fundo enquanto Manu se perguntava o que estava acontecendo.

Quase que em resposta, a porta da sala bateu. A professora se calou por um instante e logo continuou a aula, sem se abalar.

Manu pegou o celular e digitou o nome de Daniel na barra de pesquisa. Havia muitas notícias sobre ele em jornais locais e algumas em veículos nacionais. Ela abriu o caderno e anotou tudo o que achou, mesmo que não fosse nada que já não soubesse: *encontrado com a cabeça dentro de uma bacia de revelador fotográfico; o pai, professor da Universidade Agnes Dantas, acusa a instituição de ter matado o jovem; não é o primeiro aluno morto na universidade.*

Manu clicou na última matéria, mas a página estava fora do ar. Curiosa, ela pesquisou "todos os mortos na Universidade Agnes Dantas", mas o único link que prometia uma lista abriu em uma promoção: "Clique aqui e ganhe mil reais", o aviso de vírus piscando. Então buscou "Agnes Dantas 2006". O site da universidade informava que os lamentos nas paredes tinham começado nesse período, então parecia um bom ponto de partida. Até encontrou alguns sites falando sobre a morte de alunos em junho de 2006, mas sem detalhes.

Manu continuou procurando pelos anos seguintes, em sites cada vez mais modernos, mas todos com poucas informações. Por fim, montou uma lista com nomes, ano de falecimento e o que tinha acontecido com cada um. Terminou com vinte e sete alunos que haviam morrido ali antes de Daniel, ao longo de treze anos e seguindo um padrão: sempre casais. Na maioria dos casos, a primeira pessoa era assassinada, e a segunda cometia suicídio. Esse padrão foi quebrado apenas em um dos anos: uma garota rolou escada abaixo duas semanas antes de um casal de namorados aparecer esfaqueado no diretório acadêmico de história. A namorada da garota que caiu da escada terminou o ano viva, pelo que Manu encontrou em uma revista antiga, mas, além dessa matéria, não havia mais sinal dela na internet.

Sua cabeça latejou com tantas informações. Saiu do site de pesquisa e abriu as redes sociais. Daniel tinha uma conta no Twitter, e não foi preciso rolar muito a página para encontrar uma menção à namorada dele, Ana. Manu entrou no perfil dela e viu que as atualizações mais recentes falavam de Daniel e do quanto o amava. Mas, poucos dias antes da tragédia, Ana tinha publicado algo diferente:

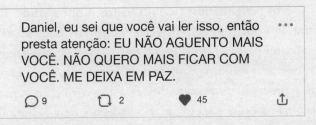

Daniel, eu sei que você vai ler isso, então presta atenção: EU NÃO AGUENTO MAIS VOCÊ. NÃO QUERO MAIS FICAR COM VOCÊ. ME DEIXA EM PAZ.

💬 9   🔁 2   ❤ 45   ⬆

Manu mordeu a ponta do dedo mindinho. O nome de Daniel estava sozinho em seu caderno; ele era a primeira fatalidade do ano, afinal. Ela sentiu a garganta se fechando. Seguindo o padrão, Ana seria a próxima vítima. Mas não era um jogo, era? Não *devia* ser tão simples achar a resposta, apenas algumas horas no Google e pronto, resolvido o mistério. Se fosse assim, por que havia pesquisadores de outra universidade ali, estudando as assombrações nas paredes e os corpos espalhados ao longo do tempo?

Ela apoiou a cabeça no caderno. O que podia fazer? O que *deveria* fazer? A porta da sala bateu mais uma vez, fazendo-a saltar da cadeira. Um colega a olhou de canto de olho e sussurrou um "esquisita", mas ela ignorou. Aquele babaca sempre ofendia os colegas negros quando os encontrava, e ela não tinha energia para lidar com *mais isso.*

Na terceira vez em que ouviu a porta bater, Manu ergueu a cabeça e viu que a sala continuava toda fechada. Ninguém além dela pareceu se incomodar.

"Para de imaginar coisas", ordenou a si mesma.

Virou as páginas do caderno e voltou a atenção para a discussão. O assunto da aula tinha finalmente mudado da morte de Daniel para algo mais ameno: o uso de feitiços que alteravam a percepção das pessoas, como poções do amor. Quando ia dar sua opinião outro estrondo a fez estremecer. Mas a porta não tinha se mexido. Arrepios percorreram sua pele, e os pensamentos ficaram lentos. Outra batida. E mais outra. Por que ninguém mais parecia ouvir aqueles barulhos?

Manu pegou a bolsa e saiu da sala. Ir para o corredor foi como entrar em uma câmara de refrigeração, e um zumbido baixo preencheu seus ouvidos, fazendo coro com as paredes. Ela abriu a bolsa para guardar o caderno, mas o deixou cair, e, ao se abaixar, sentiu alguma coisa tocar em suas costas.

Virou-se rapidamente, mas estava sozinha.

Engoliu em seco e agarrou o caderno, tremendo. "Não é nada", pensou, caminhando em direção às escadas. "Nada."

Mas então por que, a cada passo, uma rachadura se abria nas paredes? Um cheiro pungente de sangue a envolveu, e um calor subiu pelo corpo apesar do frio. Guardou o caderno enquanto andava às pressas, o coração na garganta.

Quanto mais andava, mais o corredor parecia se alongar; as portas das salas se duplicavam, os números se repetiam. Sombras se desprenderam das paredes, vultos disformes e acinzentados que se esticavam e se debruçavam sobre ela. Pairavam a milímetros de distância, sem tocá-la, mas faziam sua pele arder como se estivesse coberta de queimaduras.

— *Pare de fugir* — sopravam os vultos no ouvido de Manu.
— *Você vai acabar aqui de qualquer forma.*

Ela encolheu os ombros.

— Me deixem em paz! — gritou, cobrindo os ouvidos, mas isso só fez o barulho aumentar.

O zumbido de insetos, uma bateria e gritos, tudo misturado, indissociáveis, faziam pressão em sua cabeça.

Por que ninguém mais ouvia? Por que ninguém se incomodava?

"Chega", pensou, firme, mas não foi o bastante para expulsar o medo, então beliscou o próprio braço sob a manga da jaqueta. A pontada de dor foi fraca, quase inexistente. "Está tudo bem", insistiu, com a respiração pesada.

As luzes piscaram.

Manu choramingou.

Do outro lado do corredor, vindo em sua direção, surgiu outro vulto, esbranquiçado. Enquanto se aproximava, a figura ganhava forma, traços que não saíam da mente de Manu: cabelo loiro, rosto coberto de ferimentos, corte no pescoço. A faca suja de sangue continuava firme em sua mão. Assim como na primeira vez em que a viu, no espelho de um banheiro inutilizado, Manu observou o vestido passar de branco a vermelho com o sangue que vertia dos machucados.

Manu ficou paralisada. Tentou dar um passo para trás, mas suas pernas não obedeceram. A garganta secou, e suas mãos começaram a suar. Seu coração bateu tão forte que o corpo inteiro estremeceu. Esfregou os olhos, torcendo para aquilo ser uma ilusão. *Só podia* ser uma ilusão. Mas, ao abri-los, o espírito continuava ali, encarando-a. Manu segurou o ônix pendurado no pescoço, a pedra que deveria mantê-la protegida.

As sombras ao redor se afastaram, dissolvendo-se em uma chuva de cinzas que caíram em volta dela, mas não a tocaram.

Risadas reverberaram através das paredes, e rachaduras se abriram de cima a baixo por todo o corredor, muito maiores do que antes. Duas grandes tarântulas saíram das rachaduras e correram para longe.

A fantasma se arrastou para perto dela. Levantou a mão como se acenasse e abriu a boca, mas tudo o que saiu foi um gemido rouco. Ela avançou um pouco mais, o sangue pingando da faca e dos ferimentos.

E desapareceu.

Em um momento estava ali, o rosto contorcido de dor e confusão, e no instante seguinte Manu estava sozinha no corredor, lágrimas escorrendo pelo rosto, incontroláveis.

As paredes se acalmaram aos poucos, até os barulhos não passarem de um ruído constante e baixo.

Ela fechou as mãos com tanta força que suas unhas arrancaram um pouco de sangue das palmas. Saiu em disparada, o coração martelando no peito, a sensação de que passava mil vezes pelas mesmas salas fechadas.

Quando finalmente chegou do lado de fora do prédio, respirou fundo. O ar queimava seus pulmões, mas ela mal notou perto de todo o pânico que sentia. Não sabia o que fazer. Pensou em ir até a reitora, mas a ideia de ser acusada de provocar os fantasmas e castigada de novo a fez desistir. Também podia conversar com Marcos e Patrícia, que estavam ali justamente para cuidar desse assunto, mas teve medo de que só debochassem dela pelas costas e a deixassem igualmente sem respostas.

Se fosse para desabafar, seria com alguém que tinha sentido na pele seu medo e que, mesmo com todos os problemas, ainda era a primeira pessoa a quem Manu pensava em recorrer quando precisava de ajuda. Pegou o celular na bolsa e teclou o número que havia apagado do aparelho, mas não da memória.

— Quem morreu? — perguntou Isadora, atendendo no primeiro toque.

★ ★ ★

Manu atravessou o campus correndo até o centro de convivência sob uma garoa noturna repentina. Durante todo o percurso teve a certeza de que alguém a seguia — ouvia o som de passos arrastados no chão, galhos quebrando, risadas. "Para de ser paranoica", repreendeu a si mesma. Podia ser algum aluno que restava ali no pátio, apesar da chuva. Ainda assim, não parou de correr.

A Agnes Dantas não era um labirinto apenas metafórico: o pátio amplo tinha vários níveis, escadarias que levavam aos prédios mais distantes, como os do departamento de saúde e o de ciências biológicas. Havia também caminhos de tijolos pintados de cinza dando em salas minúsculas no subsolo que um dia talvez tivessem servido para algo, mas que agora eram usadas como esconderijo para os alunos fumarem. Do outro lado do pátio, ficava um prédio baixo e largo, de concreto, que não combinava com o resto do campus.

Manu secou o rosto com as costas das mãos e empurrou a porta de vidro. Respirou aliviada pela primeira vez em horas ao entrar no silêncio e na claridade. Os únicos sons vinham do elevador e de duas garotas conversando nas cadeiras perto da porta. Não havia sombras deslizando dentro das paredes, muito menos fora. Era como estar em outro lugar, longe dos mortos da universidade, em um ambiente *vivo*.

Subiu a escada no fundo do saguão, que levava diretamente para uma área ampla, com paredes de vidro do chão ao teto, mesas de madeira, uma máquina de café e dois sofás. Alguém tinha pendurado um cartaz acima deles que dizia "Você se foi, mas sua alma continua entre nós, Dani", e Manu se perguntou se era uma piada.

O lugar costumava ficar cheio de estudantes, mas naquele momento só havia duas pessoas: Lucas, sentado no braço de um sofá e inclinado para a frente, quase derramando café de um copo, a outra mão enfiada no cabelo de Isadora enquanto se beijavam.

Pela segunda vez na noite, Manu sentiu que seu coração perfuraria o peito — e nem estava surpresa. Sabia que Isadora ficaria com Lucas desde o momento em que encontrou os dois conversando no primeiro dia do castigo. Esperar que Isadora não ficasse com alguém novo que lhe desse condição era o mesmo que esperar que as paredes do campus não gemessem. Mas saber disso não tornava as coisas mais simples. Lucas não deveria estar pesquisando os espíritos? Foi para isso que enviaram uma equipe de pesquisadores de Minas Gerais, não para que o mestrando deles enfiasse a língua na garganta de sua melhor amiga.

— *Ex* — murmurou para si mesma.

Eles ouviram, porque Isadora soltou um gemido e pulou do sofá, empurrando Lucas. Sob a luz branca das lâmpadas, a pele dele era mais clara, com as veias marcadas. Novamente usava uma camisa branca de botões, mas essa tinha pequenos pontos vermelhos espalhados pelas mangas, feito tinta.

Isadora estava com o rosto corado. Ajeitou os óculos na cabeça e franziu os lábios.

— Podem continuar — disse Manu, porque o silêncio, que ao chegar no prédio tinha sido uma bênção, agora parecia esmagar sua mente. — Eu não queria atrapalhar.

Isadora prendeu o cabelo e suspirou.

— Eu já estava indo embora — avisou Lucas, antes que ela pudesse dizer alguma coisa.

Foi até Isadora e beijou o canto de sua boca, pois ela virou o rosto. Sem se abalar, ele foi embora. Ao passar por Manu, ainda parada perto da escada, estendeu para ela o copo quase vazio de café.

— A Isadora pegou pra você.

Manu abriu e fechou os punhos. Estava pagando por todos os erros já cometidos, todas as vezes em que mentira que ia dormir na casa de Thiago para ir à alguma festa com Isadora. Sim, com certeza era isso, um castigo do universo, porque ser castigada com a limpeza não era punição suficiente.

Percebendo que Manu não pegaria o copo, Lucas deu de ombros e o jogou na lixeira. Soprou um beijo para Isadora e piscou para Manu ao descer, cantarolando, alegre.

Manu torceu para que ele encontrasse os mesmos fantasmas que ela, para ver se aquele ar de deboche se desfazia entre as sombras aterrorizantes. Então mordeu o lábio, arrependida. Se Isadora queria ficar com Lucas, bom para ele.

— Era só avisar que não podia conversar — disse Manu.

— Mas eu podia. Eu *posso* — enfatizou Isadora. Jogou-se de volta no sofá e soltou o cabelo, passando os dedos entre os fios. — Eu estava esperando você, mas aí o Lucas apareceu e a gente estava falando sobre os mortos e…

— Vocês estavam falando sobre os mortos — Manu interrompeu Isadora.

Sentou-se no sofá, na ponta oposta, e deixou o corpo afundar no tecido fofo, a bolsa entre elas.

— Na verdade eu estava fazendo perguntas, e o Lucas estava dando respostas vagas. — Isadora deu de ombros, virando para Manu. — O que aconteceu? Você não me liga há meses.

Manu baixou os olhos. De repente, a ideia de falar com Isadora pareceu um erro — elas passaram meses distantes, por que procurá-la justo agora? A certeza ao fazer a ligação se dissolveu com o ácido que queimava seu estômago. Procurar por Isadora era a reação inicial para qualquer coisa *antes*, quando eram amigas inseparáveis. Antes de Manu estragar as coisas entre elas.

Deveria ter ido falar com Fátima ou com Patrícia e Marcos, mesmo com o risco da humilhação. Até mesmo correr de volta para a aula parecia uma opção melhor, mais racional. Não podia continuar perdendo aulas daquele jeito. Ela *sabia* dos fantasmas na instituição quando se matriculou. Não importava que só tivesse visto um nos últimos dias, nada havia mudado.

"Eles só estão mais presentes agora", pensou, passando os dedos pelo cabelo, desfazendo os cachos com força. Levantou-se, andando de um lado para o outro, pegando e soltando o pingente de ônix.

— *Respira.* — Isadora a tirou do vórtice de pensamentos, segurando seu ombro.

Manu piscou, pronta para dizer que era óbvio que estava respirando, já que estava *viva*, mas escolheu não rebater, porque isso só levaria a outra discussão. Puxou e soltou o ar devagar. Estava tão perdida em pensamentos que nem tinha visto Isadora se levantar.

— Desculpa — murmurou Manu.

Isadora balançou a cabeça. Com gentileza, segurou o braço de Manu e a levou de volta ao sofá, então correu até a cafeteira e retornou rapidamente com outro copo de isopor exalando um aroma de café com leite e chocolate.

— Aqui — ofereceu e sentou ao lado de Manu, o joelho quase encostando na coxa dela. — Me conta o que aconteceu, por favor.

Com um suspiro, Manu aceitou o café e começou a falar sobre as coisas que tinha visto. Para sua surpresa, a voz soou firme até mesmo quando falou sobre a assombração com a faca. Ela podia ouvir a si mesma, a cadência das palavras, mas era como acompanhar outra pessoa contando a história, com tanta calma que a fazia querer gritar, se tivesse forças para isso. Apertou o colar novamente, mas ele não a protegia do caos de sua própria mente.

Isadora a ouviu em silêncio, assentindo.

— E como você tá?

Manu ficou sem reação com a pergunta, pega de surpresa. Seu coração batia um pouco mais devagar, mas a dor no peito não diminuiu. Encolheu os ombros e tomou um gole do café com leite, muito doce, como ela gostava, e por um instante ficou contente por Isadora ainda saber disso. Mas a imagem dela com Lucas se destacou na mente de Manu misturada aos vultos.

— Melhor — respondeu depois de algum tempo. — É só que... tem tanta coisa acontecendo.

— Eu sei — concordou Isadora. — Até que você demorou pra surtar.

— Não tô surtando.

— Não, nem um pouco — disse Isadora, em tom debochado.

Manu soltou uma risada rouca. Tomou mais café, encarando a ex-amiga por cima do copo.

Suspirou, tentando organizar os sentimentos, mas eles estavam embolados demais, uma miscelânea que ia dos fantasmas aos trabalhos, passando pela garota à sua frente.

Quando começava a se fazer perguntas básicas — *o que estava acontecendo? Por que os fantasmas não a deixavam em paz?* —, outras, ainda mais complexas, começavam a aparecer: *por que ela estava vendo mais coisas do que o normal, mesmo para um aluno da Agnes Dantas? O que a garota do espelho queria com ela?*

Forçou-se a respirar fundo pela vigésima vez. Precisava parar de se colocar no centro das coisas. Se nem os vivos davam tanta bola para ela, uma morta também não daria. Havia pessoas mais importantes para ela assombrar. Provavelmente outros alunos já tinham se encontrado com a fantasma só não ficaram tão impressionados assim. Certo?

Manu esfregou os olhos, cansada, tentando afastar aqueles pensamentos, mas o esforço apenas a lembrou de outra coisa. Pegou o caderno na bolsa e o entregou para Isadora, se recusando a pensar muito sobre a decisão.

Isadora ajeitou os óculos no nariz e passou os olhos pelas anotações.

— Isso é...?

— Uma lista de todos os alunos que morreram aqui na universidade — falou Manu.

— Você está investigando os mortos?

— Fiz uma pesquisa. — Manu deu de ombros, tentando soar despreocupada. — Não consegui prestar atenção na aula.

Isadora soltou o caderno e começou a rir. Manu apertou o copo, sentindo uma pontada de vergonha. O que estava pensando? Aquilo era tão, *tão* imbecil. O que faria com uma lista de vítimas? Qualquer um poderia encontrar aquelas informações, era só gastar algum tempo na internet. Mais uma vez, arrependeu-se de suas decisões. O que Isadora podia fazer, mostrar suas anotações a Lucas?

Antes que Manu pudesse se afundar em mais pensamentos autodepreciativos, Isadora tirou da mochila uma caderneta cheia de papéis colados e presos por clipes coloridos. Entregou-a para Manu com uma sobrancelha erguida.

Manu pôs o copo de café no chão e analisou a caderneta, um meio-sorriso se formando involuntariamente. A primeira página tinha anotações parecidas com as que Manu fizera, escritas com a letra angular de Isadora — nomes, datas e setas coloridas conectando as informações. Os papéis presos por clipes eram matérias de jornal recortadas, todas sobre o mesmo assunto: notícias de mortes. Nos recortes que não tinham a data, Isadora as escrevera à mão. Manu olhou um por um, confirmando a ordem cronológica de sua lista.

Uma das páginas chamou sua atenção: uma notícia no site da Agnes Dantas, impressa e meio amassada:

UNIVERSIDADE AGNES DANTAS >> NOTÍCIAS >> JUNHO/2006

NOTA DE FALECIMENTO

A Universidade Agnes Dantas comunica, com pesar, o falecimento dos alunos Rafael Vilela e Cecília Moura, na madrugada deste sábado, 3 de junho.

Rafael era aluno do sexto semestre de filosofia e participava de um projeto de extensão sobre a vida após a morte. Cecília estava no quinto semestre de jornalismo e se preparava para um intercâmbio, segundo colegas. Lamentamos a perda de alunos com tanto potencial e desejamos nossos sentimentos às famílias e amigos. Por fim, declaramos luto oficial de três dias.

A pedido dos familiares, detalhes sobre os velórios e sepultamentos não serão divulgados. Novas informações sobre as mortes devem ser solicitadas às autoridades que investigam o caso.

— *Você* está investigando os mortos? — Manu repetiu a pergunta de Isadora em um tom mais alto.

— Fiz uma pesquisa — Isadora, por sua vez, reproduziu a resposta.

Manu dobrou os recortes e os prendeu nos clipes, com cuidado para não tirá-los da ordem.

— Como você conseguiu os jornais?

— Tinham vários na sala da Carla. — Isadora era monitora em uma cadeira do primeiro semestre, e Carla era sua orientadora. — Só consegui uns jornais, e você, uma visita da loira do banheiro. Nem é justo.

Manu estremeceu.

— Não tem graça, besta.

Isadora fechou a boca, segurando um sorriso. Não usava batom, nem nada de maquiagem, e o cabelo preto emoldurava seu rosto como uma pintura. Manu achava que talvez houvesse algum feitiço em seus olhos verdes, ou em como ela fazia beicinho quando estava frustrada. Um feitiço como os das obras de arte que Leonel estava pesquisando. Isso explicaria por que Manu não conseguia desviar o olhar e se afastar, por que aquele quase sorriso deixava seu corpo inteiro tenso, em dúvida se deveria sair correndo ou se aproximar mais.

— Grossa — reclamou Isadora.

— Vaca — rebateu Manu.

— Imbecil.

Elas se encararam e Manu prendeu a respiração. Tocou o pingente de ametista de Isadora, a pedra escorregadia entre seus dedos. Quando elas ganharam os amuletos da tia Denise, Isadora disse que eram a versão delas do colar de melhores amigas. Manu não lembrava de ter passado um único dia sem o seu.

— Você... — começou, mas não conseguiu terminar a frase.

Isadora segurou seu queixo e a puxou para perto, grudando os lábios nos seus. Manu ficou imóvel por um momento, o tempo entre uma batida e outra de seu coração, então se agarrou à blusa de Isadora quando a garota se inclinou sobre ela.

Os cadernos caíram no chão, mas elas não deram a mínima. Quem se importava com os mortos agora?

Manu sentiu como se o nó no seu estômago estivesse se desfazendo, como se uma peça de quebra-cabeça tivesse sido colocada no lugar certo, como se *ela* finalmente estivesse sendo colocada no lugar certo — seus pensamentos, seus sentimentos, seu corpo, mesmo sendo imprensado naquele sofá, desconfortável em paralelo ao conforto do beijo de Isadora.

Mas, tão rápido quanto havia se aproximado, Isadora se afastou. Deslizou para longe no sofá, o que não era uma distância muito grande e ainda assim fez o corpo inteiro de Manu doer.

Isadora se levantou e limpou os óculos embaçados na barra da blusa, o tecido amassado onde Manu tinha puxado. As feições perfeitas dela estavam em choque, como se não pudesse acreditar no que tinha feito.

— Manu... — começou a falar, o olhar fixo nos óculos.

Manu esperou, a ansiedade já dando as caras, fazendo-a listar tudo o que já tinha feito de errado desde o momento em que conheceu Isadora.

— Desculpa — sussurrou Isadora. — Eu não deveria ter feito isso, não deveria...

Manu semicerrou os olhos.

— Já pensou em perguntar o que *eu* queria fazer?

— Você também não me perguntou antes. — Isadora pôs os óculos no rosto e cruzou os braços. — Só... desculpa. Não ia dar certo.

Manu balançou a cabeça, sem saber se concordando ou negando. Pegou seu caderno caído no chão e o enfiou dentro da bolsa. Isadora fez uma careta que Manu interpretou como uma tentativa de sorriso ao se levantar para sair, mas não conseguiu retribuir.

Desceu as escadas correndo de novo, dessa vez não com medo dos fantasmas, mas sim das lágrimas que ameaçavam irromper a qualquer momento.

ALUNOS MORTOS NA AGNES DANTAS NOS ÚLTIMOS TREZE ANOS

- Cecília S. Moura: facadas; homicídio. Rafael L. Vilela: enforcado; suicídio.
- Daiane Lima de Souza: tiros; homicídio. Rodrigo Martins: automutilação; suicídio.
- Barbara Souto da Costa: queda de prédio; homicídio. Danilo Ferreira Fernandes: queda de prédio; suicídio.
- Giovane Santos Andrade: veneno; homicídio. Clara Pietro de Oliveira: enforcada; suicídio.
- Caio Soares: asfixiado; homicídio. Juliano Braga: enforcado; suicídio.
- Rafael O. Santana: ????. Marcos Lehnen de Albuquerque: ????.
- Sofia Felix: tiros; homicídio. Natalia Klotz Moreira: tiros; suicídio.
- Natália Vilela Silva: queda da escada; inconclusivo. Bruno Henrique Álvares: facadas; inconclusivo. Vitória Carolina Aquino da Silveira: facadas; inconclusivo.

- Amanda Silva da Costa: facadas; homicídio. Cecília dos Santos Vianna: afogada; suicídio.
- Jaqueline L. Marques: inconclusivo. Otávio de Oliveira Araújo Júnior: inconclusivo.
- Laura B. Silva: queda de prédio; suicídio. Laís Souza dos Anjos: veneno; suicídio.
- Gabriel Pinheiro: facadas; homicídio. Lucas Ferreira da Silva: corte no pescoço; suicídio.
- Leonardo Bruno Maciel: facadas; homicídio. Júlio Moraes: tiro; suicídio.

MORTOS ESTE ANO

1º Daniel Vasques de Andrade: afogado em produtos químicos; suicídio.
2º Ana??????

Sete

Sexta-feira era o dia com mais aulas: as eletivas de laboratório de arte e magia e de processos fotográficos de manhã, cada uma com quase duas horas, e a disciplina obrigatória de evolução das artes visuais durante a tarde inteira. Manu não prestou atenção em nenhuma delas, mas compareceu a todas. Poderia estudar sozinha depois, em casa, longe dos ruídos das paredes e das rachaduras se abrindo no teto.

Estava anotando as informações do quadro na última aula do dia quando a porta bateu. Ela se encolheu, a cabeça já começando a doer. Se os fantasmas voltassem a assombrá-la como na semana anterior, ela não saberia o que fazer. Já bastavam os pesadelos que a faziam acordar de madrugada com o coração acelerado: vultos que se transformavam em Isadora com um sorriso tão suave que não podia ser real, as duas se beijando até Manu ficar sem ar, e então o cabelo preto de Isadora ficando loiro e suas unhas afundando na pele de Manu como agulhas. Quando Manu se afastava, o rosto que beijava não era mais o da ex-amiga, e lá estava a fantasma loira de faca erguida.

Ela sempre acordava antes do golpe fatal, e voltar a pegar no sono estava cada vez mais difícil.

Na sala de aula, a porta bateu pela segunda vez, e a professora parou na frente da turma, de braços cruzados e rosto enrugado. Os outros alunos trocaram olhares, olhando para a porta e cochichando. Manu respirou aliviada.

— Para semana que vem, me entreguem um resumo dos textos que íamos discutir hoje — falou a professora, apagando o quadro branco.

Manu guardou as coisas de qualquer jeito com um sentimento agridoce. Apesar de já ter mais trabalhos do que conseguiria dar conta, também estava grata por finalmente poder ir embora. Dois dias longe da Agnes Dantas pareciam um prêmio.

Um pensamento traiçoeiro, entretanto, a acertou: "Por que você continua aqui, então?". Balançou a cabeça. O cansaço e a irritação não podiam ditar o resto da sua graduação. Tinha passado o último fim de semana no campus para adiantar a limpeza e não precisar se encontrar tanto com Isadora, e acabou tão exausta com a semana ininterrupta que quase começou a achar que ficar na média era aceitável. *Quase*.

Estava saindo do campus quando viu Thiago e Max sentados na sombra de uma árvore frondosa do pátio. Logo em seguida notou que Isadora e Lucas estavam com eles.

Engoliu um suspiro de frustração. Lucas não tinha nada para fazer que não envolvesse os amigos dela, não? Tipo investigar mortes de alunos em uma universidade cheia de fantasmas? Mesmo no terceiro semestre, Manu tinha a sensação de que estudava muito mais do que ele, que estava no mestrado. Lucas passava o dia inteiro atrás de Isadora pelos corredores, e já tinha ido almoçar com ela duas vezes no restaurante universitário só essa semana. Não que Manu estivesse contando.

Como se tivesse sido atraído pelos seus pensamentos, Lucas virou para Manu, as sobrancelhas arqueadas e um sorriso torto nos lábios finos.

Thiago também a viu e acenou.

— Você ia fugir da gente sem dar tchau! — gritou ele.

— Não tô fugindo, tô indo pra casa.

Sem conseguir pensar em uma desculpa, Manu foi até eles. Isadora, que estava deitada com a cabeça no colo de Max, franziu os lábios de batom vermelho, dizendo:

— A especialidade da Manuela é fugir.

Manu cruzou e descruzou os braços, já arrependida por não ter fingido que não os vira. Durante a semana, ela e Isadora finalmente tinham terminado o castigo da reitora, para alívio de Manu, que não aguentava mais o silêncio desconfortável entre elas. Nenhum fantasma voltou a atacar, mas a presença de Isadora a deixava mais tensa do que qualquer assombração.

— Desculpa — falou Manu, sarcasmo escorrendo de cada sílaba. — Não ia dar certo.

Os olhos de Isadora brilharam com irritação ao mesmo tempo que seus lábios se curvaram em um biquinho. Bem. Ela tinha dito aquilo para Manu, então teria que saber ouvir também.

Lucas assoviou baixinho e deu um passo para trás, como quem não queria se meter na briga alheia.

Manu respirou fundo e puxou um cacho para baixo, concentrando-se no movimento do cabelo. Com o canto do olho, observou a expressão de Isadora passar de irritação para frustração. Isadora piscou algumas vezes e mexeu os lábios em silêncio. Manu não entendeu o que ela estava dizendo, mas reconhecia os mecanismos que a ex-amiga usava para lidar com a raiva.

Manu também contou até dez, tentando acalmar a agitação. *Foram duas semanas difíceis*, lembrou a si mesma, mesmo que talvez Isadora não lembrasse disso.

Max fez carinho no cabelo de Isadora. Thiago deu um beijo na bochecha do namorado e se levantou para abraçar Manu.

Ela não tinha contado a eles sobre os espíritos que a perseguiram, tampouco sobre o beijo em Isadora, mas duvidava que não soubessem; afinal, eram igualmente amigos das duas.

Será que havia contado sobre Lucas também? Essa pergunta levou a outra: agora o garoto fazia parte do grupo? Seria como aquele menino que tinha ficado com Isadora em uma festa no primeiro semestre e depois passou semanas a rodeando, se intrometendo nas conversas e pedindo dicas de presentes para conquistá-la? Lucas já tinha ido pedir a Manu o número de Isadora, já tinha ficado com ela, o que mais faltava? E se *Isadora* quisesse que ele ficasse por perto o tempo todo? Talvez por isso tenha se afastado de Manu. O beijo podia ter sido por impulso, mas, na verdade, queria ficar mesmo era com Lucas.

— O bonitinho ali estava contando pra gente sobre a pesquisa dele — disse Thiago. — Ele tentou provar que dava pra viver pra sempre.

Lucas passou os dedos pelo cabelo loiro, meio oleoso naquele dia, o sorriso convencido de volta no rosto.

— Foi só minha iniciação científica — explicou. — E era sobre vida após a morte, não vida eterna.

Thiago massageou o ombro de Manu, insistindo:

— Se dá pra *viver* depois de morto, é vida eterna.

Max revirou os olhos.

— Não é a mesma coisa, você sabe disso.

— Nem meu namorado me apoia — falou Thiago, dramático. — O que você acha, Manu?

Ela mordiscou o lábio. Para alguém que estudava em um lugar assombrado, tinha menos opiniões do que o esperado sobre os mortos. Não achava que podia classificar os fantasmas da Agnes Dantas como coisas vivas, a não ser que *vida* se resumisse a assustar estudantes que já viviam aterrorizados com o próximo artigo. Mas o que Manu sabia sobre a morte?

Além do mais, aquela era uma das maiores discussões existentes, e nunca se chegava a um consenso. Fantasmas existiam, mas quanto a existência deles tinha em comum com a de uma pessoa que não tinha morrido? *Deveria* ter algo em comum? Eram perguntas muito profundas para uma tarde de sexta-feira.

Ela balançou a cabeça.

— Acho um tema complexo demais pra uma iniciação científica.

Lucas ergueu a sobrancelha.

— A Agnes Dantas sempre aprovou pesquisas complexas.

— Você já estudou aqui? — perguntou Max. — Quando?

— Faz tempo. Não cheguei a me formar aqui. — Lucas deu de ombros.

Manu o observou. Debaixo da jaqueta jeans amassada, ele usava de novo uma camisa branca de botões. O cabelo loiro estava bagunçado, e um corte fino, quase um arranhão, descia pelo queixo.

— Vocês têm aula amanhã? — perguntou ele. Então acrescentou, olhando para Thiago e abrindo um sorriso ainda maior: — Posso mostrar minha pesquisa pra você, os documentos ainda devem estar na sala da Fátima.

Manu se controlou para não revirar os olhos. Ele ia dar em cima de todos os seus amigos agora? Bem na cara de Max ainda por cima? Tentando não demonstrar irritação, ela focou em outra coisa.

— A *reitora* foi sua orientadora?

— Ela era professora na época. E a ideia da iniciação científica foi dela — contou Lucas. Então, insistindo em Thiago, disse: — E aí, amanhã…

— É contra meus princípios vir pra Agnes Dantas nos fins de semana — respondeu Thiago. Apertou mais o abraço em Manu. — Além do mais, o Juliano chega hoje à noite e vai dar uma festa amanhã.

— Faz tempo que a gente não vê o Juliano — disse Max, sorrindo. — E você merece se divertir depois das últimas semanas — acrescentou para Manu.

Ela balançou a cabeça. Por mais que sentisse saudade de Juliano, a última festa na casa dele tinha sido horrível — cerveja quente, playlist com as mesmas dez músicas de uma década atrás em looping a noite toda e caras que só pararam de incomodá-la quando mentiu que Thiago era seu namorado. Além disso, descansar depois daqueles dias caóticos era tudo de que precisava para conseguir pôr os trabalhos em dia.

— Vai ser divertido — garantiu Thiago. — Há quanto tempo você não sai com a gente?

— Quem vai? — perguntou ela.

Evitou olhar diretamente para Isadora, mas pela visão periférica viu que ela levantou. O primeiro a responder, porém, foi Lucas.

— Acho que eu não posso — declarou, como se tivesse sido convidado.

Ele tinha se afastado um pouco mais e parecia solitário, mas não exatamente incomodado. Na verdade, um sorriso relaxado curvava seus lábios, e ele observava o grupo com atenção e curiosidade.

Ao notar o olhar de Manu, piscou para ela.

— É sábado! — disse Isadora. — E o Juliano não vai se importar se a gente te convidar.

Ela se alongou, esticando os braços, e se arrastou para longe da árvore. Jogou a cabeça para trás com os olhos fechados. Os raios de sol iluminaram suas pálpebras coloridas com glitter prateado. Qualquer outra pessoa ficaria ridícula com aquela maquiagem, mas nela estava perfeita.

— Estou preso aqui — disse Lucas, dramático, uma mão no peito. — Não posso sair do campus.

Thiago sacudiu a cabeça.

— Duvido que você vá passar o fim de semana todo estudando paredes — brincou ele. — Os fantasmas tiram folga no sábado.

Thiago sempre duvidava que alguém pudesse passar tanto tempo estudando e tentava tirar o foco das pessoas.

— Até parece. Mas, sério, tenho que ficar pela Agnes Dantas mesmo — repetiu Lucas.

— Tadinho. — Thiago segurou uma risada. — Quer dizer que o mestrado é só mais uma forma de roubar a alma de alguém?

— Você nem imagina. — Lucas fechou os botões da jaqueta, então os abriu novamente. — E minha namorada fica enchendo o saco quando eu vou pra alguma festa.

Dessa vez, Manu não conseguiu evitar olhar para Isadora. A ex-amiga encarou Lucas com os olhos semicerrados, os lábios retorcidos em uma expressão de raiva.

— Você tem namorada… — falou ela, baixo.

Lucas enfiou as mãos nos bolsos.

— Eu esqueci de comentar?

Isadora abriu e fechou as mãos, mas não respondeu. Manu observou a cena com uma mistura de raiva e alívio tomando seu corpo — raiva pela babaquice do garoto, alívio por saber que tinha razão ao não gostar dele, não era só um incômodo por ele estar perto de Isadora e ela não.

— Mas essa festa — continuou Lucas, inabalável. — Vai ser boa mesmo?

— A gente vai, então é óbvio que sim. — Thiago tentou manter o tom descontraído.

Lucas assentiu, e Manu não acreditou na cara de pau.

— E se eu for, posso ir com você? — perguntou Lucas, olhando para Thiago.

Dessa vez foi Thiago quem deu de ombros.

— Pode ir com todos nós, cara. E você, Manu?

Manu balançou a cabeça, mas Lucas falou antes que ela pudesse responder:

— Mas posso ir com você, Thiago? — insistiu.

Thiago inclinou a cabeça, confuso, hesitando por alguns segundos. Manu sentiu o desconforto do amigo.

— Hum, sim?

Lucas sorriu, radiante. Max olhou para ele de cima a baixo, mas não disse nada.

— Vamos, Manu. — Thiago a sacudiu de leve. — O Juliano está com saudades. Vai ser legal, eu juro!

— Sim, Manu, vai ser legal — repetiu Lucas, piscando de novo para ela.

Manu desviou o olhar involuntariamente. Isadora mexia no celular, ainda emburrada. Ergueu a cabeça e estreitou os olhos para Manu, que deu de ombros.

— Talvez — disse, sabendo que os amigos entenderiam que aquilo era um *não*. Incapaz de ficar quieta, olhou para Lucas e perguntou: — Você não devia estar conversando com os fantasmas ou estudando o campus junto com os professores da Arcana?

— Eu já te disse, os fantasmas não gostam de mim. — Lucas tirou as mãos dos bolsos e cruzou os braços. — E eu falo com a Patrícia e o Marcos, mas só vocês me escutam.

— E por que nós somos os azarados? — perguntou Max, trocando um olhar cético com Manu.

— Eu escolhi vocês, óbvio.

— *Óbvio* — repetiu Max.

Depois de alguns minutos em uma conversa repetitiva — Lucas se recusava a falar qualquer coisa da investigação, com a desculpa de que os pesquisadores não falavam com ele; Manu não se esforçava para responder às perguntas dele sobre o trabalho de limpeza; e Isadora estava quieta no celular, a expressão de raiva pouco a pouco virando chateação —, Manu decidiu que era mesmo hora de ir para casa. O sol começava a se afastar, dando espaço para o vento gelado do fim da tarde.

Quando ela foi dar um beijo nos amigos, esbarrou nos joelhos de Isadora, que lhe lançou um olhar enviesado, mas não disse nada. Foi estranho tocar Isadora agora, depois de terem se tocado em ocasiões tão íntimas: quando fugiram da fantasma e quando se beijaram. Foi só um esbarrão, casual, *sem querer*, e não devia importar. *Não importava*. Então por que ela estava pensando tanto sobre isso?

Com a cabeça explodindo, Manu foi embora. Se a batesse na parede, seus pensamentos — e sentimentos — poderiam parar?

— Espera!

Manu parou na calçada, pega de surpresa. Virou-se e viu Isadora, vindo até ela sem pressa nenhuma, sacudindo o cabelo entre os dedos e com outro biquinho nos lábios.

— O que você quer? — perguntou Manu, torcendo para seu tom de voz não sair agudo demais.

— Ir a uma festa com uma amiga?

Manu piscou, sem acreditar. Apesar de gostar de provocar as pessoas, Isadora geralmente não fazia piada por maldade.

— Desculpa, mas não ia dar…

— Para de repetir o que eu disse! — Isadora jogou os braços para cima, irritada. — Ok, eu fui babaca. Já entendi. Agora você pode parar de usar essa frase contra mim?

Manu mordiscou a bochecha.

— Eu tô cansada — a resposta saiu com facilidade. Era verdade, afinal. — Esses dias foram esquisitos.

— O *curso inteiro* é esquisito — disse Isadora, o que também era verdade. — Por favor?

Isadora estendeu a mão, então a puxou de volta e cruzou os braços. O vento jogou o cabelo dela para o lado, fazendo-a parecer frágil como uma boneca.

— Eu amo o Juliano, mas você sabe que ele é muito ruim organizando festas e vai ser uma droga se eu ficar sozinha lá — insistiu ela. — E o Lucas querendo ser melhor amigo do Thiago? Ou querendo pegar ele?

Manu balançou a cabeça, zonza com tanta informação.

— As duas coisas — respondeu.

— Sim! As duas coisas! Ele é um babaca, né? Por que ninguém me falou antes que ele tinha jeito de babaca? Mas entããão...? Você vai?

Manu também cruzou os braços. Encarou Isadora, quase em um jogo de quem desviava primeiro o olhar. Isadora deu uma piscadela e ergueu a sobrancelha. E só isso fez o coração de Manu acelerar. "Coração besta", ela pensou.

Isadora estendeu a mão novamente, mas dessa vez não recuou. Segurou um dos cachos de Manu entre os dedos, pensativa. Ela odiava que tocassem em seu cabelo; mas, se fosse Isadora, Manu poderia se jogar em cima dela e pedir carinhos infinitos.

Deu um passo para trás e perguntou:

— Por quê? Por que você tá insistindo?

— Porque eu quero que você vá, caralho! — Isadora bufou. — Isso não é o suficiente pra convidar alguém pra sa... fazer alguma coisa?

Manu assentiu brevemente. Isadora já tinha deixado claro que "não ia dar certo", mas Manu continuava ali, presa ao magnetismo dela.

Queria voltar seis meses no tempo e não ter beijado Isadora. Queria voltar duas semanas atrás e não ter ido para a biblioteca estudar; isso a pouparia de um castigo e de ser assombrada — por fantasmas e por Isadora. Evitaria uma segunda rejeição. Só queria *voltar*. O cansaço era real, esmagando seus ossos, emaranhando seus pensamentos. Tentou se separar da confusão, puxar os fios certos de raciocínio.

Isadora prendeu o cabelo no alto da cabeça.

— Só me diz se vai ou não, porque você sabe que eu odeio surpresas — disse, por fim.

Manu encarou Isadora novamente. Dessa vez, Isadora não piscou, apenas sustentou seu olhar, desafiadora.

— Talvez — disse Manu, baixinho, como tinha dito para Thiago e Max.

Mas Isadora, sendo Isadora, compreendeu a sutil mudança no tom de voz e sorriu. Desfez o coque, deixando o cabelo preto cair, e mais uma vez Manu pensou em uma obra de arte emoldurada. Precisava pintar aquilo — os olhos verdes brilhantes por trás dos óculos, o queixo inclinado, o sorriso vitorioso ao declarar:

— A gente se vê amanhã. Vou usar aquele vestido que você me deu de aniversário.

Oito

O vestido de Isadora era preto, com um corpete justo que apertava os seios e uma saia um pouco mais solta que mal chegava à metade das coxas. Nas costas, fios brancos prendiam a peça no lugar, deixando à mostra a pele branca. Manu tinha passado horas procurando um presente para Isadora no ano anterior, e quando viu o vestido teve certeza de que ficaria perfeito na amiga.

Ela estava certa.

Do outro lado do jardim, Isadora rodopiou, com um copo meio cheio na mão.

— Você tá babando! — gritou para Manu. A caixa de som devia estar dentro da casa, porque a música saía abafada para o jardim e era possível ouvir Isadora com clareza. Mesmo assim, a garota ergueu mais a voz ao declarar: — Estou bonita, então?

Manu abriu e fechou a boca, procurando uma resposta, mas todas as palavras sumiram. Um único pensamento se repetia em sua mente: *puta que pariu, puta que pariu, puta que pariu.* Tinha acabado de chegar à casa de Juliano, uma hora depois do horário marcado, e não estava preparada para encontrar Isadora antes de qualquer outra pessoa — mas, na verdade, havia outras pessoas espalhadas pelo jardim. Manu só não prestou atenção nelas.

Alguém se jogou sobre ela e a abraçou, e Manu demorou alguns segundos para perceber que era Max, que tinha vindo sabe-se lá de onde. Qualquer coisa podia ter acontecido enquanto a mente dela estava em branco pela visão de Isadora. Sendo sincera consigo mesma, ainda não se sentia capaz de raciocínios coerentes.

Max olhou na mesma direção que ela. Duas garotas tinham chegado para conversar com Isadora, e a música abafada continuava a tocar, mas nenhuma delas estava dançando.

— Eu sabia que a gente só precisava deixar a Isadora quase pelada pra você aparecer — disse Max, com ar vitorioso.

Manu sentiu o rosto esquentar. Max se afastou um pouco e a olhou de cima a baixo.

— Humm, você também esqueceu metade da roupa em casa?

Manu enroscou o mindinho no cordão com o pendente de ônix. Seu vestido azul-escuro não era tão decotado quanto o de Isadora, mas também era curto.

Max riu de alguma coisa que Manu não entendeu e lhe entregou a lata de cerveja fechada que tinha em mãos. Ela abriu e considerou se entrava na festa, mas Isadora começou a vir em sua direção. Manu tomou um gole, tentando disfarçar que não conseguia desviar a atenção.

Isadora parou na frente dela com os olhos estreitos e estendeu o copo.

— É aquela batida que você gosta. Mas você demorou, então eu bebi antes que esquentasse.

— Obrigada — falou Manu. — Pode terminar.

Isadora balançou a cabeça, o cabelo ondulando ao redor do rosto. Sob os óculos, o delineado cor-de-rosa se destacava.

Manu desviou o olhar ao perceber que estava encarando demais — de novo. Ainda não tinha certeza se devia ter vindo. Às vezes, sentia o olhar das pessoas, quando achavam que ela não estava prestando atenção. Isadora agia como se nada tivesse acontecido, e este fosse apenas mais um sábado normal... E era, não era?

Depois de ter sido rejeitada, meses antes, Manu ficava mal quando via Isadora com outras pessoas — o que acontecia o tempo todo. Então passou a recusar convites do grupo e evitar festas. Repetiu para si mesma que isso não era ruim, porque tinha uma dúzia de trabalhos e horas de sono acumulado para pôr em dia.

Claro que não se achava o centro do grupo, mas não havia considerado até aquele momento que talvez eles não tivessem sido tão impactados quanto ela. Todos tinham beijado Isadora pelo menos uma vez — sinceramente, quem não a beijaria se tivesse oportunidade? Mas apenas Manu ficava com aquela cara de idiota quando olhava para ela. Era Manu quem se tornava motivo de piada entre os amigos quando começava a reclamar de algum detalhe aleatório em Isadora em que ninguém mais reparava. E talvez, apenas talvez, a festa de aniversário de Max só tivesse sido tão ruim porque ela estragou tudo brigando com Isadora. Mas, no fim das contas, aquele era um sábado normal para os amigos, inclusive para Isadora, que só queria se divertir depois de semanas desgastantes.

Ainda assim, a naturalidade dela em relação a Manu foi um pouco chocante. Talvez fosse a bebida, ou para ela simplesmente não havia nada mal resolvido entre as duas.

Manu contou até dez silenciosamente. Permitiu-se se apegar às sensações conhecidas, deixando-se levar por um pouco de normalidade: a expectativa pinicando sua pele, Isadora ao seu lado, as duas andando com Max pela festa. Já tinham sido amigas. Manu podia agir como nos velhos tempos pelo menos por uma noite.

A casa dos pais de Juliano era grande, com cômodos espaçosos e esculturas em mesas nos cantos. Os dois meses que Manu tinha passado ali não foram suficientes para se adaptar à grandeza excessiva do lugar, com corredores largos e salas de descanso que ficavam vazias em dias normais.

Para a festa, as escadas foram bloqueadas com faixas amarelas e pretas, daquelas de cena de crime, e um garoto estava jogado no chão, se fingindo de morto para uma foto enquanto outro fazia arminha com a mão. Manu bufou, mas Isadora e Max acenaram para eles.

Os três olharam ao redor, para as pessoas dançando ou se beijando. Avistaram alguns amigos, mas Thiago e Juliano não estavam entre eles. A porta da cozinha tinha uma placa improvisada com o aviso "Não entre", que Manu sabia que seria ignorada nas próximas horas. Ela, Isadora e Max a ignoraram naquele mesmo instante.

Thiago estava apoiado na ilha da cozinha, gesticulando com uma garrafa na mão. Juliano enchia o freezer com latas de cerveja. Ao ver os amigos, abriu um sorriso que iluminou seu rosto.

— Lembrou que tem amigos? — perguntou, olhando para Manu.

O cabelo dele era preto e raspado na lateral e a pele era marrom-clara, como a de Manu, o que fazia algumas pessoas perguntarem se eram parentes, mesmo que não fossem nada parecidos.

— Eu falei com você todos os dias!

— Você não falou *comigo* todos os dias! — reclamou Thiago, levando a mão com a garrafa ao peito. O gargalo bateu em seu queixo e ele fez uma careta. — Você me odeia, Maria Manuela?

— Ah, não! — exclamou Manu. — Não acredito que você descobriu a verdade!

Thiago jogou uma coxinha nela.

Isadora deu a volta na ilha, mexeu em um dos pratos de salgadinhos e pegou uma empada. Juliano fechou a geladeira e abraçou Manu, apoiando o queixo na cabeça dela. Manu não era baixa, mas todo mundo parecia menor perto dele.

— Estava preocupado com você — disse ele, sério. Olhando para Isadora, acrescentou: — Com *vocês*.

— A gente tá bem — afirmou Manu, automaticamente.

— Sei — falou Juliano, cético. — A gente pode confiar que vocês não vão tentar se matar daqui a pouco? Vai ser muito difícil explicar pros meus pais por que vocês se mataram aqui.

Como resposta, Isadora mostrou o dedo do meio e Manu o empurrou, mas ele apenas a abraçou com mais força.

— Cadê eles? — perguntou Manu. — Você veio pra Vista da Estrela bem quando eles não estão?

— Minha mãe quis passar o fim de semana na minha avó, então vou encontrar com eles amanhã à noite.

— Manda um beijo pra eles — disse Isadora, olhando para o celular. Ela bufou e guardou o aparelho. — Lucas fez todo aquele teatro ontem e não vem? — resmungou.

— Que bom — falou Max, apoiado na ponta da ilha da cozinha.

— Por que ele não me falou *antes* que estava namorando? — perguntou Isadora, meio para si mesma, a fúria do dia anterior retornando.

— Por que *você* não perguntou antes? — questionou Thiago, sério. — Você não pode esperar que todo mundo se preocupe com isso enquanto você não liga pra ninguém.

Isadora encolheu os ombros e fez cara de magoada por um momento, e Thiago arregalou os olhos, encarando as próprias mãos.

— Foi mal — disse, constrangido. — Eu não queria ter falado isso.

— Não precisa se preocupar comigo — retrucou Isadora, com uma risada seca que apenas acentuou seu incômodo.

Juliano soltou Manu e pegou a lata de cerveja dela.

— Quem é Lucas? — perguntou.

— O mestrando que veio com os pesquisadores da Arcana — explicou Isadora. — Ele ficou dando em cima do Thiago ontem, na frente do Max. *Disso* o Thiago não fala.

— E quando não tá tentando ficar com todos vocês, o que ele pesquisa?

Manu, Isadora, Max e Thiago trocaram olhares. Não era segredo o que eles estudavam. Enquanto mergulhava em livros e simulados para entrar na UFRGS, Juliano sabia que as matérias que caíam no vestibular da Agnes Dantas eram bem diferentes. E também não era como se a Agnes Dantas fosse uma instituição secreta — tinha site, redes sociais e até aparecia algumas vezes em matérias de jornal sobre "cursos especiais". Se Manu tinha encontrado notícias sobre os mortos no campus com uma simples pesquisa, qualquer pessoa também poderia.

Entretanto, falar com pessoas de fora sobre o que acontecia dentro da universidade era como tentar explicar um sonho: muitos detalhes subjetivos, informações desencontradas e fatos que só faziam sentido para quem tinha sonhado. Mais difícil ainda quando a pessoa em questão, ao ver evidências de magia com os próprios olhos, se limitou a fazer uma careta e dizer que os "truques" ainda precisavam melhorar muito para convencê-la. Por mais que parecesse tentar levá-los a sério, Juliano não conseguia afastar totalmente aquele ar condescendente de quem achava que os amigos estavam desperdiçando tempo na graduação.

Manu pegou a cerveja de volta dele e terminou de beber.

— Um aluno morreu semana passada — disse Isadora, devagar.

Juliano arregalou os olhos.

— *Outro* aluno morreu?

— Você fala como se fosse... — começou Manu, mas Juliano a interrompeu.

— Dois alunos mortos por ano?

— Tipo isso. — Thiago encolheu os ombros.

— Caralho — murmurou Juliano, mais chocado do que qualquer outra coisa.

Manu se apoiou na bancada. O choque de Juliano era um lembrete de que a situação na universidade não era normal. Não era *tão* incomum em outras instituições; a taxa de suicídio entre universitários era alta, Manu sabia. Mas parte do corpo discente morrer misteriosamente *dentro* do campus ia além dessa realidade mórbida.

— Estão investigando pra não acontecer de novo — disse Manu.

— Dois alunos mortos por ano — repetiu Juliano, inflexível. — A polícia sabe disso?

— Não estamos *escondendo* as mortes. — Isadora pareceu ofendida.

— Eu não ficaria surpreso se amanhã saísse no jornal a notícia de que, sim, a universidade de vocês *está* escondendo as mortes.

Thiago bufou.

— Você está exagerando.

— Quantos alunos se matam em outras universidades todo ano? — perguntou Max. — Aposto que mais de dois.

— Mas nesse caso a gente não tá falando de suicídios, né? — disse Juliano.

— *Nós* não matamos ninguém! — afirmou Isadora, ainda afetada.

Juliano balançou a cabeça. Ele não falou mais nada, mas um "ainda" estava estampado em seu rosto.

— Nem vamos matar — garantiu Thiago.

Juliano olhou sério para cada um deles, como se fossem eles os culpados pelos alunos mortos. Manu pegou um salgadinho, sem saber mais como argumentar. Só se ouvia a música que vinha da sala.

O que podiam dizer? Juliano já tinha uma opinião sobre eles. E pela expressão dos outros, Manu imaginou que estavam pensando o mesmo que ela: eram tão insensíveis assim? Imaginou como tudo aquilo soava para Juliano; se já era difícil entender e aceitar os "incidentes" acreditando em fantasmas, devia ser muito mais difícil para o amigo, que não acreditava. Provavelmente, ele via um grupo de jovens arrogantes demais para fugir de uma cena de crime.

— Certo — disse ele, finalmente. — Sem julgamentos. Eu tava com saudade de vocês.

Ainda era óbvio que ele estava julgando, sim, mas o esforço era admirável.

Uma garota de cabelo azul escolheu aquele momento para entrar na cozinha. Avisou Juliano que a mãe dele estava ligando, e ele assentiu. Antes de sair, parou na porta e olhou para os amigos.

— É sério, tô feliz que vocês vieram.

Manu forçou um sorriso. Thiago também sorriu, mas a expressão logo se transformou em uma careta. Ele massageou o peito, as bochechas avermelhadas. Isadora se afastou da ilha e limpou as mãos em um pano de prato no balcão.

— Você tá bem? — perguntou Manu, olhando para Thiago.

— Uhum. Só me deu uma dor. Mas tá tudo bem. Já passou.

Os quatro saíram juntos, uma energia tensa passando de um para o outro. A sala estava mais cheia agora, abafada com tanta gente. Alguém havia empurrado o sofá para o canto, abrindo mais espaço na pista de dança improvisada. Manu reconheceu alguns colegas do ensino médio, mas na maioria eram desconhecidos.

Uma garota puxou Isadora pelo braço, quase colando o rosto no dela, e ficou encarando sem nem piscar, enquanto os amigos davam gritinhos ao redor.

Manu prendeu a respiração e olhou para o lado, mas Thiago e Max já tinham sumido na multidão. Certo. Ela podia ir atrás deles. Não precisava ficar assistindo Isadora beijar outra pessoa — mas Isadora era como um ímã atraindo seu olhar.

Quando a desconhecida enfim se inclinou para a frente, Isadora virou o rosto e o beijo pegou na bochecha. A animação dos amigos da garota diminuiu quando Isadora balançou a cabeça e correu até Manu.

— Toda semana uma daquelas meninas tenta ficar comigo — resmungou, dando o braço para Manu, que ficou sem reação, sem saber o que responder.

Normalmente, Isadora ficaria com qualquer pessoa que fosse bonitinha — e às vezes até com as não muito bonitas —, e aquela garota definitivamente era gata, com o cabelo trançado e a pele alguns tons mais escuros que a de Manu.

Elas saíram para o jardim, que também estava cheio. Quantas pessoas Juliano tinha convidado?

Um homem careca fazia caipirinha em uma mesa perto da churrasqueira, e Manu arrastou Isadora até lá. Elas pegaram dois copos e voltaram para a multidão no jardim. Isadora começou a dançar, e Manu a observou, os detalhes que conhecia tão bem, a beleza que a deixava desnorteada. *Não vai dar certo*, repetiu como um mantra.

Um dos amigos de Juliano puxou Isadora para dançar quando começou a tocar um pagode. Manu conseguia entender por que todo mundo queria ficar com ela: Isadora era radiante. Não apenas bonita, mas o tipo de pessoa que roubava toda a atenção de um lugar. Ela jogou a cabeça para trás, rindo de alguma coisa que o garoto disse, e piscou para Manu quando seus olhares se encontraram.

A tensão da conversa com Juliano foi se dissipando aos poucos, e em seu lugar ficou uma sensação de leveza que ela não sentia fazia muito tempo, uma alegria idiota e pura tomando conta de seu corpo. Talvez tenha sido por isso que, quando a música acabou e Isadora voltou, Manu estendeu a mão.

Isadora a segurou sem hesitar.

— Isadora.

— O quê?

— Quer dançar?

Isadora não comentou que já estavam dançando, apenas assentiu. Elas se encararam em silêncio, e o muro invisível entre as duas pareceu se encolher. O ar gelou e aqueceu a pele de Manu ao mesmo tempo. Isadora balançou a cabeça e soltou uma risada. Deu um passo para a frente, acabando com a pequena distância entre elas. Ainda sem pensar muito, Manu passou a mão pela cintura dela.

Para, uma vozinha sensata alertou em sua mente. *Isso só vai te magoar.*

— Pensei que você não fosse vir — disse Isadora.

— Eu não vinha — admitiu Manu. — Ainda não tenho certeza se deveria estar aqui.

— É melhor quando você está junto comi... com a gente.

Manu balançou a cabeça. As palavras se acumulavam em sua garganta, mas ela não sabia o que dizer — nem se *queria* dizer qualquer coisa. Lembrou-se de Thiago falando que ela e Isadora precisavam conversar, e sabia que era verdade. Continuar naquela corda bamba emocional não fazia sentido. No entanto, a ideia de começar uma conversa e ouvir coisas que não queria a assustava ainda mais que fantasmas.

Isadora subiu a mão pela lateral do corpo de Manu, fazendo calafrios percorrerem sua pele. Parou perto do pescoço, enganchando o dedo no colar dela.

— É melhor quando estamos juntas — disse, finalmente.

Manu balançou a cabeça. Por que Isadora fazia aquilo com ela? Por que dava esperanças para logo em seguida lembrar que não havia a menor chance?

Começou uma batida mais animada, o que fez a maior parte das pessoas se separarem, mas elas continuaram próximas. Era possível ver o batom vermelho de Isadora falhando no meio dos lábios e sentir seu perfume cítrico e adocicado.

Manu suspirou. As duas inclinaram a cabeça e…

A música parou, substituída por gritos e barulho de vidro quebrando. As duas se afastaram e correram para ver o que estava acontecendo.

— Você é um filho da puta! — gritou alguém.

Manu soltou um palavrão, reconhecendo a voz na hora. Elas empurraram as pessoas no caminho. A caixa de som estava caída no chão, com uma garrafa quebrada em cima. Na sala, Thiago deu um soco em Juliano, que, com o nariz sangrando, revidou com um empurrão.

— O que aconteceu? — Manu perguntou a Max, que observava tudo com horror.

Max balançou a cabeça.

— Sei lá, eles tavam conversando e começaram a brigar. Eu tentei separar, mas…

Mas Thiago estava transtornado, e Max não sabia lidar nem com agressões verbais. Manu foi até os amigos.

— Chega! O que vocês estão fazendo?

Thiago deu outro soco em Juliano, que bateu na parede. Alto ou não, Juliano estava em desvantagem ali. Uma das esculturas se espatifou no chão. Isadora foi correndo ampará-lo.

Thiago encarou Manu, os olhos faiscando. Também escorria sangue de seu nariz.

— Maria Manuela Machado — falou ele, com uma voz grave e formal. — O que *você* está fazendo? Fazendo seus pais gastarem até o que não têm pra te manter aqui e tentar foder a vadia da Isadora? Que vai ficar com qualquer pessoa, menos com você, sabe por quê? — Thiago deu um passo para a frente, com cheiro de cerveja e sangue. — Porque ela tem opções melhores. Porque você nem é uma opção pras pessoas. Por que seria?

Manu abriu a boca, mas não soube o que dizer. Soltou um grunhido de dor que transparecia seu choque. Seu coração acelerou, e ela teve certeza de que podia sentir cada pedacinho de si girando, a ponta dos ossos cutucando sua pele.

Thiago abriu um sorriso triunfante.

— E você! — ele continuou, agora para Isadora. — Como consegue dar pra todo mundo? Acha mesmo que isso vai te deixar menos vazia? Que vai encontrar alguém que vai fazer você ser diferente? — Ele bufou, olhando de Isadora para Manu, então para o teto. — Não sei o que a Ceci viu em vocês duas.

Um burburinho percorreu a sala. Manu olhou para o lado: os olhos de Isadora brilhavam com lágrimas não derramadas.

Thiago limpou o sangue com as costas da mão.

— Essa festa tá uma bosta.

Seus olhos reviraram, deixando à mostra apenas pupilas com vasos sanguíneos dilatados. A cabeça dele pendeu para trás, como se não passasse de um peso que seu pescoço não aguentava mais sustentar, e Manu sentiu uma onda de medo pelo amigo se misturando à raiva que a corroía. Um instante depois, Thiago baixou a cabeça, piscando várias vezes — os olhos de volta ao castanho-claro de sempre. Os lábios dele tremiam, e a expressão de desdém se suavizou, substituída pelo espanto ao encarar as mãos sujas de sangue. Ele começou a tossir e cuspir sangue. Quando parou, murmurou alguma coisa incompreensível.

E então desmaiou.

Nove

Manu trancou o portão da casa de Juliano quando as últimas pessoas foram embora. Depois do show de Thiago, todo mundo tinha alguma opinião para dar ou *sentia muito* pelo que tinha acontecido. Pessoas que Manu nem conhecia estavam falando com ela, e todo o processo fizera sua cabeça doer com ainda mais intensidade do que nos últimos dias. Demorou meia hora para conferir se a casa estava mesmo vazia. Meia hora olhando todos aqueles cômodos, meia hora evitando os amigos, concentrada apenas nos próprios pensamentos e no mal-estar crescente.

Ela respirou fundo e entrou na casa, tentando contar até dez — pela décima ou vigésima vez, não sabia mais. Sempre que chegava à metade, sua mente se enchia novamente com as palavras de Thiago. O eco da voz dele era uma música bizarra em sua mente, repetindo-se até ela enlouquecer. Por que ele gritou uma das maiores inseguranças dela daquela forma? E ainda atacou Isadora e Juliano...

Manu mordeu a bochecha com força, desviando sua atenção para a dor; algo mais fácil de digerir.

Thiago dormia em um dos sofás na sala. Juliano o deitara ali, com a ajuda de um amigo. De lá para cá ele só tinha acordado uma vez, resmungado e voltado a dormir. Não parecia se afogar no próprio sangue, e sua respiração estava tranquila, sem indícios de qualquer mal-estar, então ninguém tentou acordá-lo.

Manu o observou. Havia uma garrafa de cerveja na pilha de cacos de vidros. Os copos tinham quebrado no meio da confusão ou Thiago os quebrara de propósito? Manu tentou enxergar aquelas atitudes no garoto que conhecia desde a infância, mas não fazia sentido. Thiago sabia como ela se sentia em relação a Isadora e nunca tinha feito piada disso, muito menos jogado na cara dela com grosseria. Eles eram *amigos*. O mais próximo de um irmão que Manu já tivera. Ela não conseguia acreditar que ele seria capaz de expor os sentimentos dela daquela forma.

E ainda assim…

Ela desviou o olhar, controlando a vontade de acordar Thiago e exigir uma explicação.

A faixa preta e amarela continuava pendurada em um dos lados da escada. Manu a arrancou e a enrolou entre os dedos enquanto subia. A porta do quarto de Juliano estava aberta, e ele, jogado em uma poltrona.

— Max tá tomando banho no banheiro das visitas e Isadora tá no quarto dos meus pais — disse ele.

Manu se sentou na beirada da cama.

— Todo mundo já foi embora. Acho que o Thiago não vai acordar tão cedo.

— Foda-se. — Juliano apertou os punhos. Ele tinha lavado o rosto, e os hematomas já começavam a desabrochar na pele marrom-clara. — Qual foi a droga que ele trouxe pra cá? Foi alguma coisa que vocês criaram?

— Para de ser babaca — Manu o cortou, sem paciência. Óbvio que Juliano deixaria o ceticismo de lado e os acusaria de usar drogas. Aquela noite estava se transformando em um festival de acusações. — Ele deve ter bebido demais, só isso.

Juliano apertou as têmporas.

— Manu… Desculpa. Você tá certa. Mas você sabe que é difícil entender essa coisa toda de magia…

— Também é difícil entender o que você faz, mas eu não tô perguntando se você criou uma droga como se estivesse numa série, né?

Juliano encolheu os ombros. Ele estudava química e já tinha reclamado das piadas com drogas inúmeras vezes.

— Foi mal. — Ele levantou e a abraçou. — Como você tá?

Manu afundou o rosto no colo do amigo, que acariciou sua cabeça.

— Não sei — admitiu ela.

Max apareceu no quarto um pouco depois, com a mesma expressão exausta dos amigos. Manu deu um tapinha no braço dele e foi para o banheiro, porque continuar ali parada, encarando os dois, a deixaria doida. Sabia que encontraria pijamas e chinelos esperando por ela no armário embaixo da pia, um hábito da mãe de Juliano. Tomou um banho rápido e se vestiu. O reflexo no espelho transparecia todo o seu cansaço: sem maquiagem, com olheiras, o desconforto curvando seus lábios para baixo, e o cabelo úmido, sem forma.

Quando saiu do banheiro, a porta do quarto de Juliano estava fechada. Ela foi para o quarto de hóspedes no fim do corredor, onde dormira nos meses em que morou ali, e encontrou Isadora sentada na cama de casal, o brilho do celular iluminando seu rosto no escuro. Assim como Manu, ela estava usando um dos pijamas reservas.

— Hum. — Manu não acendeu a luz. — Oi.

Isadora ergueu a cabeça.

— Pensei que você tivesse ido embora — disse ela. — Como sempre.

Manu fez que não. Pensara mesmo em chamar um Uber e ir para casa, ficar o mais longe possível de todos. Fechar-se em um casulo de novo. Mas então percebeu o quanto seria egoísta. Todos tinham sido atingidos pela avalanche de merda do Thiago, e fugir — ela não conseguia pensar em outra palavra — não parecia uma atitude muito adulta. Não que deixá-lo dormir enquanto ficavam de cara feia no andar de cima fosse uma decisão supermadura. Mas o que mais podiam fazer?

— Não queria ficar sozinha. — As palavras deixaram a boca de Manu em um sussurro, com uma sinceridade inesperada.

Isadora deixou o celular cair entre as pernas cruzadas.

— Max vai dormir com o Thiago — avisou.

Manu assentiu. Sentou-se no outro lado da cama e puxou um travesseiro para o colo.

— Se quiser ficar aqui sozinha...

Isadora revirou os olhos.

— A gente pode parar de pisar em ovos?

— Você quer conversar sobre o que rolou?

— Falar sobre um dos meus melhores amigos gritando na frente de todo mundo que sou uma puta insensível? — Isadora segurou o queixo, fingindo pensar. — Não, obrigada.

Manu apertou o travesseiro.

Isadora se jogou para trás, contra os travesseiros, e encarou o teto.

Manu abriu e fechou as mãos. A dor de cabeça aumentou, os pensamentos se embaralharam. Mais uma vez, ela se viu sem palavras, agora por causa de si mesma, não de Isadora. As coisas que Thiago dissera voltaram a alfinetar sua mente, revirando seus sentimentos. Ele tinha sido maldoso, sim, e talvez doesse tanto porque estava *certo*.

Ela nunca era a primeira opção das pessoas. Ou a segunda. A mãe de Manu sempre falava que não havia hierarquia em relacionamentos, mas, depois de tantas rejeições, ficava difícil concordar. Os amigos sempre foram seu porto seguro. O lugar ao qual ela pertencia. Ou será que estava enganada?

Ela apertou o pingente de ônix. Ia matar Thiago por ter trazido à tona todas as suas inseguranças. Já não havia tido emoções o bastante com a fantasma da universidade?

— Você não é minha segunda opção — disse Isadora, baixinho.

Manu balançou a cabeça. Observou a amiga — ex-amiga? Alguma coisa no caminho entre as duas coisas? O que eram? Queria ser capaz de dizer quando as coisas haviam mudado, o momento em que começou a se sentir diferente em relação a Isadora, mas era difícil definir. Desde que se tornaram amigas, no meio do ensino fundamental, quase dez anos antes, passaram por momentos importantes juntas: festas de aniversário, viagens em família, até mesmo velórios de parentes distantes.

Manu suspirou. Isadora a encarava, tensa. Não era a primeira vez que alguém a chamava de vadia, mas era a primeira que Manu a via tão chateada por isso.

— E eu não acho que você é...

— Se você falar alguma coisa sobre o que o Thiago disse, eu vou te bater — interrompeu Isadora.

Manu balançou a cabeça, um pouco tentada a falar, sim, apenas para ver se a ameaça de Isadora era séria.

— Eu só não esperava que fosse um de vocês — murmurou Isadora. Parecia tão frágil que o coração de Manu se apertou. — Que fosse me cobrar isso.

— Sinto muito.

— Eu também.

Manu mordeu o lábio. Queria dizer que também não esperava, que Thiago nunca faria aquilo. Mas ele tinha feito, sim, e não havia como mudar isso. Tampouco queria ignorar o que Isadora estava sentindo.

Depois de um longo silêncio, Isadora puxou o lençol e se cobriu até a cabeça, bufando. Manu a imitou. O silêncio parecia cortá-la como facas, todas as palavras não ditas flutuando em sua mente, pinicando sua pele. Tentar esvaziar a cabeça não deu certo, então deixou a confusão mental, os fragmentos desencontrados e os medos a exaurirem até pegar no sono.

Manu acordou com os gritos de Thiago e Juliano.

Para seu alívio, ela e Isadora haviam se afastado mais durante o sono, acordando cada uma em uma ponta da cama. Sem proximidade inconsciente para lidar. Ótimo.

Ela olhou pela fresta da cortina antes de sair do quarto. O céu tinha um tom branco perolado, de logo depois do amanhecer, quando não era nem dia nem noite. Deviam ter dormido por três ou quatro horas, no máximo.

— Eu não lembro! — gritava Thiago com a voz rouca. — Quantas vezes vou ter que repetir que não lembro?

— Agora é fácil dizer que não lembra!

— Eu tava na sala conversando com umas pessoas e depois... Nada.

Manu e Isadora pararam nos últimos degraus da escada. Thiago andava em círculos na sala, as mãos na cabeça, o medo estampado no rosto. Juliano, apoiado no corrimão da escada na frente delas, tinha a postura perfeita, o que o fazia parecer ainda mais alto. No sofá, Max encarava os dois, de braços cruzados e com a expressão assustada.

Juliano soltou uma risada amarga.

— Acha uma desculpa melhor, cara. Diz que estava bêbado ou drogado, sei lá. Vai ser mais fácil de acreditar.

Thiago balançou a cabeça. Ele parou de andar e encarou Manu e Isadora, imóveis atrás de Juliano. Seu olho estava ficando roxo e tinha sangue seco sobre o lábio.

Isadora saltou do degrau e se apoiou no braço do sofá. A fragilidade da noite anterior fora substituída por sua versão arrogante e, mesmo de pijama com estampa de gatinhos, sua raiva exalava em ondas direcionadas a Thiago.

— Vai, babaca, fala — disse, cruzando os braços e inclinando o queixo para cima. — Termina de me xingar, continua sua lista. Quer um papel pra anotar tudo e não esquecer?

— Isa, eu juro, não me lembro de nada! — Thiago encolheu os ombros. — Tudo isso que vocês tão falando... Eu... eu *não sei* o que disse nem o que fiz.

Manu pensou nele com os olhos revirados, a cabeça inclinada para trás, rígida como uma pedra, a expressão de choque quando seu olhar voltou ao normal... Era como se ele estivesse em transe, sem ver o estrago que fizera — nos amigos e em si mesmo. Ela percebeu que Isadora também o observava, os olhos estreitos por trás dos óculos, pensativa. Estaria chegando à mesma conclusão de Manu, de que algo estava muito errado, mais errado do que as palavras dolorosas do amigo?

— Conta o que aconteceu até onde você lembra, então — pediu Manu.

— Nós conversamos na cozinha com o Juliano. — A voz de Thiago estava mais baixa, mas ainda rouca. — Depois a gente saiu, e eu perdi você e a Isadora de vista. Fiquei um pouco com o Max, mas depois ele também sumiu. Eu tentei conversar com umas pessoas, mas meu peito voltou a doer. Depois... Eu não sei? Só me lembro da dor. E aí fui dançar com uma menina de cabelo rosa. A dor voltou e... eu acordei aqui, com o Juliano gritando na minha cara sobre eu ter xingado e batido em todo mundo.

Manu acenou. Lembrava do amigo esfregando o peito com dor. E era a cara de Juliano não se aguentar e levantar no meio da madrugada para brigar com Thiago. Até que ele tinha se segurado bastante.

— Alguém te deu bebida? Alguma coisa diferente? — perguntou Max, falando pela primeira vez desde que Manu e Isadora desceram.

Thiago puxou uma mecha de cabelo e balançou a cabeça.

— Eu...

— "Não lembro"? — interrompeu Juliano, revirando os olhos.

— É sério.

— Aham.

Thiago baixou a cabeça. Os outros ficaram em silêncio, trocando olhares e contemplando aquela conversa que não ia para lugar nenhum. Manu podia apostar que os amigos estavam vivendo o mesmo sentimento que ela: a vontade de ir embora e deixar Thiago sozinho, lidando com os próprios problemas. Até mesmo Max, sempre um poço de tranquilidade, apertava as mãos, batendo os pés no chão.

Mas havia alguma coisa que os prendia ali, àquele desconforto em forma de silêncio: amizade. Esquisita, sustentada por raízes profundas, regada por anos de convivência. O tipo de relação que era o suficiente para suportar pelo menos um pouco quando alguém começava a te bater — física ou verbalmente — do nada. Não deveria ser assim, Manu imaginava. Não viviam falando na internet que as pessoas deveriam cuidar de si mesmas, priorizar seus sentimentos? Bem... Todos ali falhavam nisso quando se tratava dos amigos.

Por instinto, Manu se virou para Isadora, que já estava olhando para ela, mordendo o lábio. O peito de Manu doeu. Odiou se sentir daquela forma, presa entre as verdades que Thiago dissera e os sentimentos por Isadora — coisas que estavam conectadas. Mas a sensação de ser dispensável não ia diminuir se Isadora mudasse de ideia de repente; Manu sabia disso. Era algo que não podia ser resolvido apenas com uma menina bonita gostando dela, embora fosse achar ótimo se isso também não fosse uma questão, ela admitia. Seria ótimo se *nada* fosse uma questão, se ela própria se transformasse em um conceito, sem pensamentos, sem desejos, sentimentos e amigos fazendo merda.

Por que era tão difícil ter *sentimentos*? Por que não conseguia simplesmente dizer a Isadora como se sentia, por que não conseguia brigar com Thiago?

Ajeitou o cabelo e bocejou. Pela janela, era possível ver o céu começar a se tingir de azul-claro, a manhã de domingo límpida em contraste com a tempestade que se desenrolava lentamente entre eles.

Thiago esfregou as têmporas.

— Desculpa — murmurou ele. — Desculpem. Sinto muito por ter sido um babaca.

— Não é o suficiente — respondeu Isadora, na mesma hora, mas agora sua voz soava menos furiosa e mais reticente.

— Isa...

— Não é porque você não lembra que não aconteceu, Thiago. Se você diz que não tava bêbado e falando tudo o que pensa de verdade da gente, então *alguma coisa* aconteceu. E foi uma merda.

O rapaz engoliu em seco. Passou as mãos pelo cabelo, o rosto branco ficando corado. Esfregou os olhos, mas não o bastante para esconder as lágrimas acumuladas. Até aquele momento, Manu não sabia que seu coração podia encolher tanto. Sentou-se no outro sofá, cruzando os braços para se impedir de oferecer conforto ao amigo, sentindo-se horrível por isso. Se Thiago não lembrava... Não deveriam confiar nele?

Ela soltou um suspiro alto e olhou Isadora de canto de olho, e então Juliano. Não havia perguntado ao amigo se, além dos socos, ele também havia sido atingido pela língua ferina de Thiago, mas agora já não parecia o momento para isso, e a ideia de ter sido relapsa com Juliano fez Manu se sentir ainda pior.

— Tem uma coisa... — disse Thiago, baixinho. — Eu achei que fosse um sonho, mas...

Todos olharam atentos, ainda com raiva. Manu era a única com expectativa. Ele encolheu os ombros, envergonhado.

— Vocês conhecem alguma Cecília? Eu não conheço nenhuma, mas desde ontem tem uma... Não é uma lembrança. É mais como uma voz na minha cabeça, repetindo: *Cecília, são essas as pessoas que você está tentando proteger?* — Seu tom foi baixando cada vez mais enquanto falava.

Manu franziu a testa. Ela também não conhecia nenhuma Cecília, mas vinha lendo esse nome tantas vezes nos últimos dias que não podia acreditar que era apenas uma coincidência: estava entre os nomes pichados com insultos nas portas dos banheiros do campus, e também em um recorte no caderno de Isadora, entre as notícias sobre os alunos mortos na universidade.

Os pensamentos de Manu se atropelaram, conectando detalhes, criando teorias. Seu coração disparou, com um medo que ela não conseguia explicar. Havia xingamentos a Cecília até mesmo no banheiro inutilizado, o que significava que era uma aluna antiga — mas antiga o bastante para ser a mesma pessoa?

— A primeira morta — sussurrou Manu, olhando para Isadora, que franzia a testa.

— O quê? — perguntou Juliano, a raiva dando lugar ao receio.

Isadora balançou a cabeça. Prendeu o cabelo em um coque e encarou Manu, estreitando os olhos enquanto pensava, a expressão cada vez mais furiosa.

— *Ah, não* — falou, por fim. — Os fantasmas da Agnes Dantas *ficam na Agnes Dantas*.

Manu quase riu, o alívio tornando sua respiração menos pesada. Não aguentava mais os fantasmas, o medo, os pesadelos — mas, pelo menos, aquilo fazia *algum* sentido.

— E desde quando a universidade liga se a gente tá de folga ou não?

Dez

Manu gostava de estar certa — não, *precisava* estar certa. Saber das coisas era sua arma contra quem tentava diminuí-la por estar em lugares que supostamente não foram feitos para ela; estar sempre acima da média era pré-requisito para manter sua bolsa na Agnes Dantas e, principalmente, a forma de se sentir segura com as escolhas que tinha feito. *Conhecimento é poder*, e esse tipo de coisa que os professores tanto repetiam.

Entretanto, enquanto ouvia Thiago responder pela décima vez às perguntas de Juliano, ela não sabia muito bem se estar correta naquela situação era melhor ou pior.

Por um lado, poder culpar fantasmas pelo surto de Thiago era um alívio. Por outro, calafrios percorriam seu corpo só de pensar que os espíritos podiam alcançá-la fora do campus. Se podiam se infiltrar em uma festa longe da universidade, na casa de um amigo que nem chegava perto da Agnes Dantas, o que mais conseguiriam fazer? E *por que* fazer algo justo com eles?

— Não faz sentido — repetiu Juliano, pela décima primeira vez.

Manu suspirou, desejando um pouco do ceticismo do amigo.

— Muitas coisas não fazem sentido pra você — disse ela, se afundando no sofá e apertando o ônix. — Pensei que a gente já tivesse superado isso.

Juliano fez uma careta. O hematoma em seu olho estava mais escuro, e outro tinha aparecido no queixo.

Estavam há uma hora naquela conversa repetitiva, com a raiva de Juliano espiralando pela sala, enquanto Thiago oscilava de culpa para impaciência cada vez que o amigo repetia "que droga vocês todos estão usando?". Max desistira de discutir e tinha fugido para a cozinha, e apenas Isadora sentada ao seu lado, cravando as unhas em seu pulso, impedia Manu de se perder completamente na própria cabeça.

— Não, é só que... Ok, então, digamos que seja isso, um *fantasma*. — Juliano quase cuspiu a palavra. — Vocês já ouviram falar de um fantasma fora da universidade antes? E como vocês sabem que ele veio da Agnes Dantas?

Manu conseguia ver aonde ele queria chegar: a Agnes Dantas não era o único lugar assombrado na cidade, e, além disso, ela nunca tinha ouvido falar dos espíritos da universidade dando voltinhas por aí, tampouco sabia se era possível. Ainda assim, parecia coincidência *demais* que Thiago tivesse pensado justamente em alguma Cecília.

— Mas se vocês tiverem certeza de que é a mesma pessoa... — continuou Juliano.

— Se a gente tivesse certeza, não estaria aqui tentando descobrir alguma coisa, né? — retrucou Isadora. Ela se ajeitou no sofá e jogou o cabelo para trás. — Se o Thiago estiver falando a verdade, pode ter alguma relação com essa tal de Cecília, sim.

— Eu estou falando a verdade. — Thiago já estava rouco de tanto tentar se explicar.

— E eu não estou falando com você.

Ele se encolheu.

Manu se voltou para Isadora e segurou sua mão. A pele de Isadora estava gelada, combinando com a raiva em seu olhar.

— Isa — Thiago suspirou. — Eu sinto muito.

— *Aham.* Eu entendi na quinta vez que você repetiu — disse ela, com indiferença, ainda que as unhas no pulso de Manu sugerissem o contrário.

— Certo, então — continuou Juliano, sentando-se no braço do outro sofá. — Como ela morreu?

— Esfaqueada — respondeu Isadora imediatamente. — O namorado a matou em um banheiro e se matou horas depois.

Um arrepio atravessou a coluna de Manu.

— Naquele banheiro em que a gente viu a fantasma?

— Uhum. — Isadora não parava a sequência de gestos: soltava a mão de Manu para fazer um coque, que como sempre caía na mesma hora, e voltava a pegá-la. Era a prova de quão ansiosa estava. — A Carla, minha professora na monitoria, disse que está fechado há mais de dez anos, nem era pra gente ter entrado lá tão fácil...

Max voltou da cozinha com uma cuia de chimarrão na mão e curiosidade no olhar.

— E descobriram por que ele matou a garota? — questionou.

— Parece que foi ciúmes — contou Isadora. — Eles namoravam desde antes de entrar na faculdade, mas terminaram durante o curso e Cecília começou a ficar com outro garoto um pouco depois.

Manu pensou em uma das pichações que viu no banheiro abandonado: *Cecília M. deu para o Matheus B.*

Ela suspirou. Duvidava que chegariam a qualquer conclusão enquanto estivessem todos estressados, e era óbvio que não se acalmariam se não dessem um tempo naquela discussão.

Eles podiam continuar ali, presos pelo vórtice negativo das palavras de Thiago, mas de que adiantaria? O estrago já estava feito. Com ou sem influências fantasmagóricas, seu estômago ainda doía, e as unhas de Isadora em sua pele eram um reforço da raiva que a garota sentia. Alguém precisava quebrar aquele ciclo.

Ela apoiou o queixo no ombro de Isadora e perguntou baixinho:

— Vamos embora?

No tempo em que Isadora levou para responder, mil pensamentos passaram pela mente de Manu. Podia ir embora sozinha. Podia continuar ali. Que diferença fazia para Isadora? Ela com certeza tinha coisa melhor para fazer, pessoas melhores para encontrar, ou simplesmente não aguentava mais a presença de Manu depois das últimas semanas. A voz de Thiago retornou à sua mente: "Você nem é uma opção pras pessoas. Por que seria?"

Devia ter ficado em casa. Nenhum dos encontros do grupo acabava daquela forma quando ela não estava. Talvez esse fosse o problema — não Thiago, não os espíritos, mas Manu tentando forçar sua presença em um lugar ao qual não pertencia mais. Provavelmente os amigos só a tinham convidado por educação, e ela havia destruído o equilíbrio deles ao aparecer.

Manu puxou um cachinho e o desfez entre os dedos. Se pudesse realizar um desejo naquele momento, apenas *uma* coisa, seria processar todos os sentimentos que se acumulavam em seu peito e compartimentá-los para sentir um de cada vez. Naquele estado, ela parecia prestes a sufocar com todos eles.

Para seu alívio, Isadora finalmente respondeu:

— É melhor mesmo. Você pode ir comigo até a república? Quero te mostrar uma coisa.

★ ★ ★

O quarto de Isadora na república continuava o mesmo: pilhas de livros pelos cantos, roupas bagunçadas na cama, gavetas abertas cheias de peças íntimas e maquiagens, cristais pendurados na janela... E um quadro com uma ametista e um ônix pintados em aquarela ao lado da porta. Manu ficou parada, encarando a imagem. No fim do primeiro semestre, seu professor colou um bilhete atrás da pintura dizendo que ela precisava empregar mais *sentimentos* nas obras e lhe deu um 7,9 que a deixou de recuperação.

Isadora, por sua vez, declarou que era a coisa mais bonita que já tinha visto e não deixou Manu jogar no lixo.

— Tá aí pra esconder uma rachadura da parede — falou Isadora, em frente ao guarda-roupa, segurando uma blusa e olhando para Manu por cima do ombro.

Manu a observou, tentando decifrar se a amiga estava falando sério ou se apenas queria que ela não ficasse feliz por ver que o quadro continuava no mesmo lugar de antes. As duas possibilidades eram igualmente irritantes, mas Manu se esforçou para ignorar o sentimento — não fazia sentido ter ido até lá para brigar. Ainda mais porque tivera várias oportunidades de mudar de ideia e ir para casa estudar: Isadora foi o caminho todo perguntando se ela queria mesmo ir na república. Agora ocorria a Manu que talvez essa insistência fosse porque Isadora tinha se arrependido de convidá-la.

Agora já estou aqui, concluiu, decidida a não deixar Isadora irritá-la mais ainda.

— Sim, foi *só por isso* que você deixou aí — falou Manu, cruzando os braços. — Não porque quer pensar em mim quando tá sozinha.

Isadora ergueu a sobrancelha.

— E quem disse que eu fico sozinha? Você não ouviu o Thiago? — A arrogância em sua expressão deu espaço a um sorriso tenso. — Estou sempre com alguém pra disfarçar minha solidão.

— O Thiago foi um imbecil, Isa, mas a gente vai surtar se não parar de pensar no que ele disse. — Manu expressou algo que as duas já sabiam mas não conseguiam colocar em prática desde a briga na festa.

Isadora jogou as peças de roupa na cama e desceu o zíper lateral do vestido até a cintura, exibindo a tatuagem de várias chaves. Ela e Manu tinham trocado as roupas que pegaram emprestadas antes de ir embora da casa de Juliano, e agora ambas estavam com os vestidos da noite anterior, um tanto amarrotados e sujos de uma bebida que Manu não lembrava de terem derramado. Só que, enquanto Manu se sentia um desastre, Isadora ostentava o vestido, agora meio solto no corpo, os resquícios de rímel borrado sob os olhos e o rabo de cavalo frouxo como se seu propósito desde sempre fosse ficar desgrenhada daquele jeito, como se soubesse que ficaria ainda mais bonita assim.

Manu se forçou a desviar o olhar para qualquer outro lugar que não fosse Isadora. Infelizmente, o quarto não era grande, o que lhe dava poucas opções, então escolheu se jogar na cadeira em frente à escrivaninha e a girou. Tirou os saltos, chutou-os para baixo do móvel e bateu com a ponta dos dedos em um dicionário.

Aquela era a única parte organizada do quarto: notebook fechado, dois livros de história com *flags* coloridas, os cadernos de Isadora. Uma pasta de plástico tinha um post-it com uma caveira desenhada.

Acima da escrivaninha, havia um quadro de cortiça, que Manu sabia que Isadora usava para organizar os trabalhos do semestre. Porém, em vez de trabalhos, estava cheio de notícias antigas, post-its coloridos e folhas de caderno com anotações. No centro estava a notícia da morte de Cecília S. Moura e Rafael L. Vilela com vários pontos de interrogação vermelhos em volta, dando um aspecto teatral àquilo tudo.

Curiosa, Manu se virou para Isadora, e foi pega de surpresa quando a viu parada logo às suas costas. Havia trocado o vestido por uma blusa verde de manga longa, que cobria a tatuagem de chaves, mas, como ainda estava apenas de calcinha, outra tatuagem ficou visível em seu quadril: rosas vermelhas entrelaçadas em uma serpente. Manu tinha ido com ela ao estúdio para fazer, sete anos antes. A mãe de Isadora nunca aprovou tatuagens, por isso o desenho teve que ser em um lugar escondido.

Manu também ia fazer uma no mesmo dia, mas o medo de ser descoberta e decepcionar os pais a fez desistir. Então, passou a tarde no estúdio abafado e fedendo a maconha só para segurar a mão de Isadora. Se o tatuador percebeu que elas eram menores de idade, ignorou.

Os momentos que tinham vivido juntas se encaixavam como um quebra-cabeça, mas bem no meio faltava uma peça. Manu não queria pensar nisso, mas, quanto mais tempo passava longe de Isadora, mais sentia essa ausência, essa imagem incompleta. *Faltava alguém*. Tentava ignorar enquanto fugia da presença da outra garota, mas as últimas semanas haviam tornado isso impossível. Isadora estava em todo lugar — na universidade, na casa dos amigos, nos pesadelos de Manu, parada à sua frente a uma distância minúscula, agora vestindo um short preto sem parecer notar a atenção que recebia.

Manu mordeu o lábio sem muita força, apenas o suficiente para focar em outra coisa.

— Isso tudo não é meio... exagerado? — perguntou, apontando para o quadro de cortiça.

Isadora fez um laço no cordão do short e limpou os óculos na barra da blusa.

— Eu queria te mostrar antes — falou. — Mas achei que você fosse brigar comigo se eu te chamasse pra vir aqui.

— Eu nunca briguei com você.

— Certo, achei que você fosse fingir que eu não existo, o que é *pior* do que brigar comigo.

Manu revirou os olhos. Isadora parou ao lado dela, trocou dois recortes de lugar no quadro e a encarou.

— Já terminei todos os trabalhos que tinha pra entregar. O quadro ficou livre pra outras coisas.

Isadora tinha terminado *todos* os trabalhos? Ainda faltava um mês para o fim do semestre. Como arranjava tempo para isso? Manu fez um coque e encarou Isadora com os olhos cerrados.

— E aí você achou que era uma ótima ideia montar um quadro de investigação, como nas séries policiais. — A voz de Manu saiu mais aguda do que pretendia.

Isadora deu de ombros e estudou o rosto de Manu com seus olhos verdes, tão atenta que parecia capaz de ver até a bagunça de pensamentos ali dentro.

— Estou tendo pesadelos — disse Isadora, baixinho. — Eu sonho que você está me matando, ou que está *se* matando, e eu nunca consigo impedir nenhuma das duas coisas.

Manu estremeceu, lembrando dos sonhos em que beijava Isadora até ela se transformar na fantasma ensanguentada do banheiro. Seria possível que, além de atrapalhar as aulas e as festas com os amigos, aquela garota também estivesse impedindo as duas de terem uma noite de sono? Pensando bem, até que fazia sentido.

— Na Agnes Dantas, desde aquele dia, os fantasmas gritam sempre que estou sozinha — continuou Isadora, a boca retorcida em uma careta. — Eles me xingam e falam coisas piores do que as escritas nas portas dos banheiros. E agora o Thiago... Eu prefiro acreditar que foi um fantasma falando aquele monte de merda. — Ela suspirou. — Se a gente descobrir o que está acontecendo, talvez as coisas voltem a ser como antes.

Antes, Manu também não encontrava fantasmas pelos corredores, nem ouvia portas batendo ou sentia que todas estavam trancadas quando tentava sair. Os ruídos eram normais, da mesma forma que alguns diretórios acadêmicos sempre tinham um rádio ligado, não importava a hora. Mas alguma coisa havia mudado. Os fantasmas não deviam passar de sons, vozes, ecos incômodos. Nada corpóreo. Encontrar um deles, ser perseguida por sombras... Isso era incomum até para a Agnes Dantas.

Manu encolheu os ombros, tentando afastar as lembranças, mas logo ajeitou a postura. Então Isadora também percebera que algo estava errado. Ótimo. Podiam tentar consertar aquilo juntas.

— Também quero que as coisas voltem a ser como antes — Manu finalmente respondeu. — Você quer ajuda pra organizar tudo isso?

Os olhos de Isadora brilharam, e ela sorriu. O coração de Manu palpitou. "Pense em todos os mortos", ordenou a si mesma, mas tudo o que conseguia pensar era naquele sorriso.

— Eu sabia que você ia me ajudar! — disse Isadora, se animando pela primeira vez desde a noite anterior.

Entregou para Manu uma blusa e um short pretos, e pegou a pasta com o desenho de caveira, puxando e soltando o elástico várias vezes, em um ritmo constante. Manu suspirou e sorriu, a familiaridade do movimento a lembrando de quando passavam horas estudando para o vestibular.

Manu saiu para trocar de roupa e, quando voltou, o quarto estava mais organizado: Isadora havia tirado alguns jornais sabe-se lá de onde e espalhado algumas edições no chão, à sua frente. Sentada de pernas cruzadas e encostada na cama, com uma caneta no canto da boca e um jornal nas mãos, Isadora parecia capaz de resolver qualquer mistério.

— Cuidado pra não babar — falou, sem tirar os olhos do jornal.

O rosto de Manu esquentou. Ela se sentou de frente para Isadora, sentindo o piso gelado nas coxas. Enrolou um cacho nos dedos e observou os jornais entre as duas, pensativa. Eram cópias, percebeu pelas folhas brancas, o que fazia sentido; tirar os originais de dentro da Agnes Dantas devia ferir algum dos códigos de conduta da faculdade. Próximo dos jornais, havia algumas folhas grampeadas; a manchete no topo da pilha era "A ciência da vida após a morte".

Manu estremeceu.

— O que você descobriu até agora? — perguntou.

— Não muito. As mortes começaram com esse casal, Cecília e Rafael, em 2006. Ela morreu primeiro, ele se matou em seguida. — Isadora fez uma pausa, pensativa. — Mais ou menos casal. Eles tinham terminado há um tempo, a Cecília tava até com outro menino, o Matheus.

Os xingamentos nos banheiros *não podiam mesmo* ser coincidência.

— Depois disso, todo ano morreram dois alunos, entre maio e julho — acrescentou Isadora.

— Hum. — Manu pegou as páginas mais próximas. — Sempre morrem casais, né? É tudo o que tinham em comum?

— Casais que estavam brigados.

Manu pensou em Ana, a antiga namorada de Daniel, a vítima mais recente. Os dois se encaixavam nessa descrição, segundo as redes sociais. Ela se perguntou se deveria entrar em contato com a garota. Mas o que ia dizer? "Oi, eu percebi que existe um padrão nas mortes que acontecem aqui na faculdade e queria saber se você tá pensando em, hum, sei lá, se matar?". Manu podia ter escolhido estudar em uma universidade assombrada, mas tinha limites quanto às coisas esquisitas que fazia.

Sem saber o que dizer, reorganizou a pilha de xerox: dados incompletos de pesquisas de mais de dez anos sobre vida após a morte, envolvendo professores de diferentes departamentos e até mesmo Fátima. Manu pôs as folhas no chão, sobre os jornais, e olhou para elas fixamente, como se apenas a força de vontade pudesse fazer surgir as respostas que buscava.

Suspirou. Quais *exatamente* eram as respostas que buscava? Pegou um caderno e listou todas as perguntas que ocupavam sua mente naquele momento:

> Qual a ligação entre as mortes?
>
> As pesquisas sobre vida após a morte acabaram?
>
> Quando as paredes da Agnes Dantas foram ocupadas por fantasmas?
>
> Por que Thiago estava pensando em Cecília?

Podiam voltar e adicionar mais perguntas depois, mas já era um começo.

— Será que a Fátima tem alguma coisa a ver com essas pesquisas? — perguntou Isadora, com o jornal ainda no colo. — Ela ficou tão brava por causa dos livros na biblioteca e nem quis nos ouvir sobre a loira do banheiro.

Manu sublinhou a pergunta sobre as pesquisas duas vezes. Ela tinha pensado que a reitora só ficara brava pela bagunça e, depois, que não tivesse tempo para duas alunas que, na cabeça dela, se achavam importantes por terem visto um fantasma. Mas e se ela e Isadora tivessem tocado num ponto delicado para Fátima? Ela era a reitora da universidade, autoridade máxima ali, e justamente por isso poderia se sentir insegura e irritada por conta de uma pesquisa frustrada. Ou talvez só estivesse cansada de não chegar a nenhuma conclusão. Mas será que isso explicaria o castigo desproporcional?

Por via das dúvidas, acrescentou o nome da reitora à lista de perguntas. Pensou em pedir para Isadora falar com Lucas e tentar saber mais sobre a pesquisa que ele havia feito na iniciação científica, mas, considerando que a garota estava chateada, achou melhor não trazê-lo à conversa agora. Só anotou o nome dele também.

As duas passaram minutos em silêncio, Isadora lendo os jornais e Manu desenhando fantasmas em volta dos artigos. Os resumos eram inconclusivos, indo do nada para lugar nenhum: a ideia era continuar a vida eternamente. Isso poderia ou não ser alcançado por meio da energia espiritual que restava num corpo após a morte, que poderia ou não gerar consequências, que poderiam ou não ser desastrosas. Não havia nada concreto, nenhum embasamento ou fonte que pudesse dar a Manu um caminho para seguir. Nem mesmo as "consequências desastrosas" foram detalhadas.

Como poderiam encontrar qualquer coisa assim? E se estivessem seguindo uma pista errada, indo por um caminho que não fazia sentido? Eram apenas duas alunas exaustas, tendo pesadelos com fantasmas e sem ideia do que realmente procurar. Já havia uma equipe investigando os fantasmas (e as mortes); por que elas achavam que eram capazes de descobrir mais do que profissionais capacitados?

Frustrada, Manu pegou o celular na escrivaninha. Max, Thiago e seus pais tinham enviado mensagens, mas ela ignorou. Abriu o site da Agnes Dantas e procurou a página com a história da instituição. A universidade se orgulhava das bizarrices que aconteciam em seu campus e, como Manu tinha constatado antes, o número de inscritos no vestibular aumentava a cada ano — assim como a contagem de mortos, mas isso não era mencionado. Os fantasmas, por outro lado, eram citados de forma quase irreverente. "A maior parte dos prédios conta com trilha sonora ambiente: ronronares vindos das paredes acompanham as aulas e atividades há mais de dez anos…"

Manu bufou. O que ela esperava, que o site tivesse uma seção divulgando para todo mundo ver que os espíritos na verdade eram alunos mortos? Se fosse fácil, não haveria pesquisadores de fora investigando. Mas então *o que* elas fariam? Esperar alguém resolver os problemas da Agnes Dantas e torcer para a assombração do banheiro se cansar de persegui-las até em sonhos? Com certeza alguma coisa estava passando despercebida, algo que conectava tudo. Ela só não conseguia enxergar.

Soltou o celular e bateu com a caneta na perna, impaciente. Isadora empilhou os jornais e os empurrou para longe, deitando-se no chão. Sua expressão indicava que também não tinha achado nada útil. Observou Manu, a testa franzida, os lábios apertados, o olhar compenetrado, e Manu sentiu as bochechas esquentarem.

— O que foi? — perguntou.

— Estou esperando você ir embora.

Manu piscou, a boca se abrindo um pouco com o choque.

— *Não quero* que você vá — continuou Isadora, apressada. — Mas é o que você sempre faz.

Manu não soube o que dizer, mesmo com muitas palavras se acumulando em sua boca.

— Eu não...

— Você, *sim* — interrompeu Isadora, com os olhos semicerrados. — Você *foi embora*. Simplesmente parou de voltar pra casa e não avisou ninguém que tinha se mudado, e eu tive que perguntar pro Max o que tinha acontecido. Ele nem morava com você e sabia que você tinha se mudado!

As bochechas de Isadora foram enrubescendo conforme falava, e ela gesticulava com as mãos para cima. Manu, por outro lado, havia se encolhido, os punhos agora firmemente cerrados, a boca apertada para não derramar nenhuma das desculpas passivo-agressivas em que pensou.

Manu tinha se mudado porque a patroa de sua mãe estava com um apartamento vazio e, já que Célia trabalhava há tanto tempo na mesma casa que era "quase da família", ofereceu para elas um aluguel bem baixo, que acabou ficando mais em conta do que o quarto da república. Todos os meses desde então, Manu guardava uma parte da bolsa, porque se a mãe finalmente saísse daquele trabalho, ela não duvidava que teria que encontrar outro lugar para morar. Mas como na época não estava falando com Isadora, Manu não viu sentido em contar tudo aquilo. Em contar nada, na verdade.

Um sentimento agridoce e inesperado se esgueirou pelo peito dela.

— Você também faz isso. Me deixou sozinha depois que a Fátima nos deu aquele castigo ridículo!

Isadora soltou uma risada amarga e afastou o cabelo do rosto.

— Naquela última festa, quando eu saí do banheiro, você não estava mais lá. — Ela ergueu um dedo. — Você se mudou sem me avisar. — Ergueu outro. — Na semana passada, você saiu correndo. — Mais um dedo. Então franziu os lábios e cruzou os braços. — Como eu disse, você sempre vai embora. Naquele dia eu só achei melhor ir primeiro.

Manu a encarou. Por que tinha aceitado ir até ali? Qual era o propósito daquela pesquisa que não levava a lugar nenhum, daquela conversa cheia de farpas? Ela respirou fundo, contendo o desejo de fazer exatamente o que Isadora dizia: ir embora.

— Achei que vocês não fossem sentir minha falta. — As palavras saíram rasgando seu peito.

A voz de Thiago zombou dela: "Você nem é uma opção pras pessoas". Ela se encolhia e saía dos lugares porque, se *escolhesse* sair, não precisaria lidar com a rejeição. Não seria rejeição se ela fosse a primeira a se retirar. Mas talvez… talvez esse medo tivesse lhe dado a percepção errada, invertido as coisas e colocado as pessoas numa posição em que elas não estavam. Talvez tudo estivesse apenas na cabeça de Manu. Por que não podia pensar de forma lógica e racional?

Ela beliscou a coxa, os sentimentos dando nós em seu estômago. Não devia ser tão difícil entender o que estava sentindo, mas, cada vez que tentava desamarrar aqueles nós, eles ficavam ainda mais apertados, impossíveis de soltar.

— Eu sinto sua falta — disse Isadora.

Manu segurou o ônix, desejando pela milésima vez que o amuleto tivesse algum efeito contra seus próprios pensamentos, que dispararam em todas as direções por causa daquelas palavras.

— Estou cansada — murmurou Manu. — Cansada dos fantasmas, dos pesadelos, de não saber o que fazer quando você está perto.

Ela fechou a boca imediatamente, surpresa com a própria sinceridade.

Isadora respondeu rápido, um sorriso sagaz curvando seus lábios, sem traços da amargura de antes.

— Me dá um beijo — disse.

Manu arquejou, mas Isadora foi mais rápida e continuou falando:

— Você disse que não sabe o que fazer! Tô dando uma sugestão. — Ela estreitou os olhos, pensativa. — Mas sem fugir depois.

Manu mordeu a bochecha, observando a amiga, que a olhava de volta com um biquinho, os olhos apertados por trás dos óculos. Nas vezes em que se beijaram, Manu não tinha pensado antes. Se tivesse, não teria beijado Isadora e isso as teria poupado dos problemas que apareceram depois. E, agora que podia pensar, percebeu que os riscos eram ainda piores — tudo podia desmoronar por causa de uma atitude mal calculada; não conseguia largar a esperança de que não daria errado; sentia culpa por pensar demais... Por que não conseguia *parar* de pensar?

Respirou fundo, o ar arranhando a garganta, e deitou ao lado de Isadora. Elas se encararam, as respirações se misturando de tão próximas. Os olhos verdes de Isadora cintilaram, e o coração de Manu ficou descompassado. Ela se xingou mentalmente. Passara a última hora lendo sobre morte e pensando em gente morta, mas nem mesmo evocar a lembrança da fantasma machucada era o bastante para afastar sua atenção de Isadora — a curva do pescoço, os ombros à mostra pela gola caída, a blusa erguida até a barriga. Todos os pensamentos se voltaram para a proximidade de Isadora, e dessa vez ela tinha pedido o beijo...

Quando acabou com a mínima distância que as separava, Manu percebeu que, mesmo pensando tanto, não deixava de ser uma decisão impulsiva. O beijo foi acompanhado de um grunhido que Manu não sabia se vinha de Isadora ou dela própria.

Isadora apertou sua cintura e a puxou. Manu rolou para cima dela, sem soltá-la — se a soltasse agora, não tinha certeza de que não sairia correndo, apenas por hábito. Já sentia o desespero se enraizando em seu estômago, a voz em sua cabeça que a mandava sair dali antes que acabasse magoada de novo. Talvez ela fosse mesmo a pessoa que não esperava para ter certeza antes de ir embora, mas Isadora era quem sempre interrompia tudo e a deixava com a sensação de que *deveria* ir embora. Elas precisavam mesmo conversar.

Mas não agora.

Em outro momento.

Passou as pernas em torno do corpo de Isadora, que se agarrou à sua blusa e em seu cabelo, as unhas deixando meias-luas na sua pele.

A dor diminuiu um pouco o desespero dentro de Manu, e a tensão diminuiu sob o toque de Isadora. Ainda havia confusão e um pouco de frustração, mas estavam distantes e intocáveis naquele momento. A urgência de entender o que estava acontecendo com Thiago e com as assombrações deu espaço à urgência de sentir Isadora, beijar Isadora, respirar o perfume suave de Isadora e provar que ela estava errada, que Manu não ia fugir.

Sentiu que estava ancorada em terra firme e flutuando, tudo ao mesmo tempo.

Precisava parar. Respirar. Resolver o que havia entre elas. Dissolver a expectativa crescente de que dessa vez seria diferente, de que daria certo. Mas tentar controlar seus sentimentos naquele momento era como tentar apagar um incêndio com um copo d'água.

Seu cabelo se enrolou nos óculos da amiga, e o leve puxão, que não tinha nada a ver com a sensação que Isadora espalhava em seu corpo, fez Manu se afastar um pouco, surpresa, como se acordasse de um sonho. Isadora a encarava com os olhos arregalados, tão em choque quanto ela, talvez porque esperasse que, ao pedir um beijo, ele lhe fosse negado.

Manu esperou o tempo voltar a correr entre elas. Aquele era o momento em que Isadora diria que *não ia dar certo* ou se trancaria no banheiro. Em vez disso, Isadora tirou os óculos e os colocou em algum lugar afastado.

— Melhor assim — falou.

Manu passou a língua pelos próprios lábios. Isadora levou a mão ao rosto dela e enrolou alguns cachos nos dedos.

— Ah, então era *isso* que você queria me mostrar? — perguntou Manu, as sobrancelhas erguidas.

— Sim? Não? — Isadora franziu mais o cenho. — Ah! A pesquisa. É isso. — Ela fez biquinho, os lábios e o rosto vermelhos por causa do beijo. — Eu queria ajuda para entender melhor as coisas que encontrei sobre os mortos.

Manu contraiu os lábios. Era o que deveriam fazer, não era? Ela queria encontrar uma resposta para os espíritos que surgiam em todos os cantos, é claro. Mas, naquele instante, seu principal desejo era desvendar o corpo de Isadora e como ele reagiria à sua boca. Talvez fossem os últimos eventos, que a obrigaram a lembrar que, apenas por estar viva, já estava perto da morte; talvez fosse o corpo de Isadora sob o seu, mas Manu se sentia um pouco mais ousada que o normal.

— Se você prefere os mortos...

Isadora deslizou a mão das costas até a coxa de Manu, que sentiu todas as terminações nervosas do corpo entrarem em alerta. Mesmo deitada entre suas pernas, Isadora mantinha certo controle sobre ela, e, em vez de ficar estressada com isso, Manu se sentia satisfeita. Isadora traçou linhas com a ponta dos dedos na perna dela e finalmente falou:

— Ah, eu também tenho outros planos. — Um sorriso travesso dançou em seus lábios.

O coração de Manu quase parou. Isadora fazia ideia do poder que exercia sobre ela só com aquele sorriso? Então ela apertou a coxa de Manu, que deixou um suspiro escapar. Quando suas bocas se encontraram novamente, a última coisa que passou pela cabeça de Manu foram os fantasmas.

Onze

A segunda-feira de Manu tinha chegado com trabalhos extras, alunos da sua monitoria reclamando que ainda não tinham recebido as notas das provas e, para fechar o dia, uma palestra de Marcos e Patrícia.

Max estava sentado ao seu lado, e Isadora, do lado dele, com a cabeça deitada em seu ombro. Os três tinham chegado juntos ao auditório — Manu e Max vindos do restaurante universitário, e Isadora de uma entrevista de estágio —, atraídos pelo título da palestra: *Investigando o invisível*. Os fantasmas andavam visíveis até demais nos últimos tempos, mas qualquer oportunidade de entender mais sobre eles era bem-vinda.

E, para ser sincera, qualquer oportunidade de não ficar pensando apenas nela e em Isadora era mais bem-vinda ainda.

Sabia que precisava conversar com a amiga sobre as duas. No dia anterior, quando estavam deitadas ainda sem roupas na cama, Isadora enrolou um cacho do cabelo de Manu no dedo e perguntou "O que você quer de mim?" com uma expressão indecifrável. Manu só deu de ombros, disse que não queria nada e se despediu com um beijo, alegando que precisava estudar. Não era exatamente mentira — tinha textos para ler para a semana e queria procurar mais informações sobre Cecília e Rafael, sem contar que Isadora tirava toda a sua concentração. Mas agora, observando-a ali, se perguntava se deveria mesmo ignorar o sentimento que ameaçava engolir todos os seus pensamentos e fingir que nada tinha acontecido — que não tinham dormido juntas.

— Será que a gente consegue hora complementar? — perguntou Isadora, a distraindo.

— Acho que não — respondeu Manu. — Não tinha nada sobre isso no e-mail de divulgação.

Isadora bufou.

— Como é que eu vou me formar desse jeito?

— Vocês podem morrer antes — disse uma voz conhecida, com uma risada. Lucas sorria como se tivesse recebido a notícia mais feliz do mundo. — Mais fácil que fazer o TCC.

Manu revirou os olhos. Quando deram a entender que queriam ele ali? Ela pôs a bolsa na poltrona ao lado e Lucas arqueou a sobrancelha.

— Cadê o Thiago? — perguntou, olhando para os três. — Fez merda e agora tá com vergonha?

Manu, Isadora e Max trocaram um olhar. Thiago costumava almoçar no RU, mas não tinha aparecido na Agnes Dantas o dia inteiro. Incentivado por Manu, Max havia mandado uma mensagem mais cedo, avisando que estariam na palestra, mas Thiago respondera que "ia ver se dava pra ir".

— Do que você tá falando? — Isadora franziu o cenho.

Lucas pegou a bolsa de Manu da poltrona e, ao sentar, ficou com ela no colo, ignorando os sinais de que não era bem-vindo.

— O showzinho do Thiago na festa — insistiu ele. Manu não viu nada em sua expressão que o denunciasse, mas sentia que Lucas estava se divertindo. — Todo mundo tá sabendo.

Manu cerrou os punhos. O que Lucas tinha a ver com aquilo? Já que não havia conseguido nada dando em cima do

Thiago, agora ia debochar dele? E como sabia da briga? Ela se afundou na poltrona, frustrada ao pensar naquela história correndo pela universidade.

— E...? — Max ajeitou a postura, cruzando os braços; ainda assim, parecia mais incomodado do que bravo. — O que você tem a ver com isso?

Isadora se afastou um pouco de Max e também cruzou os braços, a confusão de segundos atrás substituída por irritação.

— Por que você não cuida da sua vida? Não tinha que estar lá no palco ajudando seus orientadores? — completou ela, impaciente.

— Calma, só fiquei curioso. Vocês estão sempre juntos...

Manu pegou a bolsa de volta, os dedos roçando a pele gelada do rapaz. Ele não falou nada, apenas a encarou com seus olhos claros demais. Era tão irritante como continuava tranquilo e animado naquela situação, intocado pela tensão que ainda percorria o grupo.

Um chiado agudo saiu das caixas de som, misturando-se à normalidade de estalos baixos e gemidos vindos das paredes do auditório. Uma sombra passou pelo telão e, pela reação agitada do homem de cabelo castanho sentado em frente ao computador, aquilo não fazia parte da apresentação.

Mais um grupo de alunos chegou, preenchendo as últimas poltronas vazias do auditório. Thiago estava entre eles e olhou ao redor, procurando alguém, provavelmente Max. Quando viu o namorado, seu rosto ficou tenso. Ainda assim, ele subiu até a fileira em que estavam e os cumprimentou com um aceno de cabeça. Sentou ao lado de Isadora, que pegou o celular, sem lhe dar atenção.

Max sussurrou algo no ouvido da amiga e eles trocaram de lugar. Pelo canto do olho, Manu viu Thiago encolher os ombros, e o coração dela se contraiu. Thiago, assim como

Isadora, era expansivo e falante. Num dia normal, teria demorado mais de dez minutos para chegar à fileira deles, pois pararia para cumprimentar e conversar com as pessoas no caminho, aceitar convites de festas e reclamar de algum trabalho. Naquele momento, afogado em culpa, ele parecia até menor.

Manu suspirou.

— Você já perdoou o Thiago — sussurrou Isadora, virando-se para ela e fazendo um biquinho de frustração.

— Não acho que foi culpa dele. E você também não.

Isadora deixou o celular cair no colo e prendeu o cabelo.

— Mas ainda tô chateada, não consigo desculpar ele agora.

— Achei que você tava chateada comigo — confessou Manu e, assim que as palavras deixaram sua boca, desejou que houvesse uma forma de pegá-las de volta.

— O quê?! — Isadora gritou, atraindo a atenção de alguns alunos da fileira da frente. — Meu Deus, Manuela.

Manu se encolheu, mas não elaborou mais a confissão. Ao seu lado, Lucas soltou uma risadinha que fez Manu se encolher. Não sabia como Isadora aguentava tanta gente falando dela, fazendo piadas sobre sua vida. A sensação de que Lucas estava rindo das duas deixava o rosto dela quente.

Patrícia e Marcos saíram da primeira fileira de assentos e se apresentaram, uma distração pela qual Manu agradeceu mentalmente. O rapaz no computador se chamava Douglas e, segundo os pesquisadores, fotografava e digitalizava tudo o que encontravam nas pesquisas.

— Não vão falar de você? — Manu perguntou a Lucas, sem conseguir se conter.

— E desde quando dão valor pra mestrando e estagiário? — devolveu ele, friamente.

— E a sua namorada? Ela não faz parte do grupo de pesquisa?

Isso arrancou de Lucas uma reação pouco usual. Os lábios dele se crisparam, e seu olhar ficou sem foco por um momento. Ao se virar para Manu, havia raiva na voz:

— Ela está brava comigo. Está sempre brava com alguma coisa e nunca me ouve quando tento explicar.

Ele bufou e passou a mão na nuca. Resmungou mais alguma coisa, mas Manu não conseguiu entender, então voltou a atenção para a palestra, tentando não deixar óbvio seu sentimento de vitória. Uma pequena felicidade por deixar Lucas irritado, por finalmente ter marcado um ponto contra ele.

Lá na frente, Patrícia explicava que *Investigando o invisível* era um projeto de extensão da Universidade Arcana que já tinha solucionado problemas com assombrações em vários estados brasileiros.

— Mas esse é o primeiro lugar com mortes tão padronizadas — acrescentou Marcos.

— E por que vocês não vieram antes? — perguntou um aluno na primeira fileira, em tom acusatório.

— O Dani podia estar vivo agora — falou a garota ao lado dele, curvando o corpo para a frente com soluços pesados.

Quando ela virou o rosto, Manu a reconheceu das fotos nas redes sociais: Ana, a namorada. O primeiro garoto a falar abraçou Ana, sussurrando algo em seu ouvido, e ela chorou ainda mais.

Um pensamento incômodo ocorreu a Manu: Ana estava chorando apenas de saudade de Daniel ou justamente porque tinha percebido o padrão das mortes e sabia que, se fosse como nos anos anteriores, ela seria a próxima a morrer?

Mas, se estava com medo, por que continuava frequentando as aulas? Uma coisa era se matricular na Agnes Dantas sabendo que *alguém* poderia morrer; outra, bem diferente, era continuar lá quando tinha um alvo na própria cabeça.

"Todos continuam", lembrou Manu. Depois da primeira morte, a outra pessoa do casal sempre continuava. E se fosse apenas coincidência? Ela podia estar impressionada após ler algumas notícias antigas e fazer suas próprias conjecturas, mas, se fosse tão simples assim, a universidade já não teria solucionado o problema? O que os pesquisadores da Arcana achavam desse padrão? Se o apontaram em seus relatórios, poderia ser importante. Talvez ela e Isadora estivessem seguindo uma linha de raciocínio correta, então.

— Nós viemos à Agnes Dantas assim que recebemos autorização — explicou Marcos, com a mesma cadência tranquila.

— E já descobriram alguma coisa nova? — questionou uma jovem à direita de Ana. — Ou vão ficar fazendo essas palestras enquanto tem gente morrendo?

— Vocês vieram pra cá pra isso, não foi? — pressionou outra pessoa, ainda na primeira fileira. — Essas palestras são só pra colocar no Lattes depois.

— Estamos fazendo o possível — respondeu Patrícia, séria.

— Não está sendo o suficiente.

O burburinho das paredes aumentou, como se incitado pela comoção dos amigos de Ana. As pequenas janelas no alto do auditório bateram com força, o estrondo quase se sobrepondo aos outros sons no ambiente. Um grunhido maior e ainda mais agudo ressoou, fazendo a sala inteira tremer como se estivesse dentro de um sino, e o corpo de Manu ficou tenso.

— Está tudo bem? — perguntou Isadora, baixinho.

"Não", pensou Manu.

Tentou articular as palavras, mas sua garganta se fechou, lágrimas se acumulando nos olhos enquanto observava o sofrimento de Ana e seus amigos. Aquilo precisava parar. *Precisava*. Em um ano e meio, tivera a sorte de não perder nenhum amigo próximo, ninguém que amava, mas parecia uma questão de tempo.

Que imbecil essa ideia de se matricular em uma faculdade por sua fama bizarra. Se pudesse voltar atrás, estapearia a Manu do passado, que achou uma boa ideia passar quatro anos estudando ali.

Deu uma olhada em Thiago, afundado na poltrona, separado deles não apenas fisicamente, mas também pela culpa. Naquele momento Manu desejou que o amigo tivesse, sim, sido um babaca com ela e com Isadora. Que tivesse brincado com as inseguranças delas apenas por ter bebido demais ou por qualquer outro motivo babaca, sem relação alguma com espíritos assassinos.

Manu assentiu para Isadora, tentando afastar os pensamentos. Ouviu Lucas falar alguma coisa ao seu lado, mas os ruídos estavam cada vez mais altos — gritos agudos, o choro de Ana, facas sendo afiadas em metal — e atravessavam seu crânio.

Sentiu a respiração de Isadora em seu pescoço, ouviu a voz da garota, mas não conseguiu compreender o que ela dizia. Um frio repentino deslizou por baixo de suas unhas, pelos braços, avançando pela corrente sanguínea até Manu sentir que tudo nela estava congelando. "Devem ser os fantasmas", constatou, em pânico.

O barulho, o frio, a sensação de que o coração ia sair pela boca... Só podiam ser os espíritos. Manu se virou para perguntar se Isadora também sentia tudo aquilo, mas ela não estava mais do seu lado. Na verdade, não tinha mais *ninguém* do seu lado — ou em qualquer lugar ao seu redor.

Ela se viu sozinha no auditório, no centro da cacofonia, as paredes rachando à sua volta. Um líquido escuro escorria pelas rachaduras, acompanhado de aranhas peludas e baratas, que chiavam ao mergulhar nas poças formadas no chão.

Sombras deslizaram pela parede, encobrindo a apresentação abandonada de Patrícia e Marcos. O palco também estava vazio.

Manu sentiu a garganta se fechar. Tentou levantar, forçando o corpo para a frente, mas era como se alguma coisa a mantivesse ali, presa e incapaz de se mover.

Ela esfregou os olhos e, quando ergueu o rosto novamente, arquejou.

Tinha certeza de que não havia ninguém no palco, mas de repente Isadora estava bem no meio, de joelhos. Apertava um corte no pescoço, o sangue escorrendo e manchando seus dedos, antebraços, a pele branca. Ao chegar ao chão, o sangue escurecia como o líquido que saía das paredes rachadas.

Manu se jogou para a frente mais uma vez, os braços erguidos como se pudesse alcançar Isadora, impedi-la de se machucar mais, mas continuava impossível sair do lugar, e só restava a ela assistir à garota sangrando.

— Olha o que você fez, Manu — guincharam as sombras. — Olha só o que você vai fazer.

A boca de Manu se abriu em um grito, mas nenhum som saiu.

— Ainda não — disse outra voz familiar. — Deixem ela em paz!

Três fileiras à frente, onde há pouco tempo não tinha ninguém, agora estava uma garota loira de vestido branco, olhando para Manu, mas sem encará-la. Segurava a faca ensanguentada e seu rosto era cheio de ferimentos, sangue e pus.

Manu havia passado parte do fim de semana pensando naquela garota: a primeira morta da Agnes Dantas, esfaqueada pelo namorado no banheiro do sétimo andar do Instituto de Filosofia e História.

Cecília.

Manu sentiu sua pele gelar ainda mais, chegando a arder.

Onde estavam Marcos e Patrícia? Por que deixaram aquilo acontecer no meio da palestra? Por que ainda não haviam encontrado uma solução para os fantasmas? Por que não protegeram Isadora?

Manu apertou o ônix, o amuleto gelado e escorregadio em seus dedos, e sentiu uma pressão na cabeça.

— Ei, o que foi? — A pergunta atravessou a confusão em sua mente, e Manu ouviu a voz que ela conhecia tão bem ali ao seu lado, e não mais lá no palco.

Tremendo, ergueu o rosto. Isadora estava inclinada na direção dela, os olhos semicerrados e um vinco entre as sobrancelhas, mas intacta.

Manu deixou escapar um soluço dolorido, as lágrimas embaçando sua visão. Tocou nos braços de Isadora, sentindo a solidez da garota, sua pele quente. Nenhum ferimento, nenhum corte visível, mas ainda assim Manu subiu os dedos até os ombros dela, e depois pelo pescoço até sentir o cordão com a ametista repousando na pele lisa.

Só então respirou fundo.

Isadora tocou o ombro de Manu com cuidado, como se ela fosse frágil, uma boneca prestes a quebrar.

O resto do auditório entrou em foco aos poucos, imagens e sons se sobrepondo e fazendo a cabeça de Manu girar — as sombras ondulando nas paredes, aranhas ainda saindo das rachaduras e caindo nas poças escuras, Ana sendo abraçada, alunos sussurrando, Patrícia e Marcos explicando que estavam estudando e criando uma estratégia de contenção, unhas arranhando metal, Isadora perguntando insistentemente se Manu estava bem. A assombração ensanguentada não estava mais em lugar nenhum.

Manu inspirou devagar, a garganta arranhando. Isadora parecia real ao seu lado. As mãos da garota escorregaram pelo braço de Manu, deixando novas meias-luas em sua pele marrom-clara. Âncoras que costumavam trazê-la de volta.

— *Manuela* — chamou Isadora.

"Essa voz é real", pensou Manu. Mas as aranhas que ainda saíam das rachaduras também pareciam reais e ninguém estava dando atenção a elas, tampouco às poças que se expandiam cada vez mais perto da parede.

O que era verdadeiro e o que era a mente de Manu lhe pregando peças?

Max e Thiago se inclinaram ao lado de Isadora, observando Manu e tentando entender o que estava acontecendo.

Manu meneou a cabeça, zonza. À sua esquerda, Lucas se agitou um pouco na poltrona. Sua pele branca estava amarelada, e os olhos, fundos. Ele acenou uma despedida vaga para o grupo e desceu as escadas, batendo a porta do auditório.

— Você tá bem? — Manu finalmente conseguiu perguntar para Isadora, sua voz grave, a garganta dolorida.

Isadora arqueou as sobrancelhas.

— *Você* tá bem?

— Preciso sair daqui.

Isadora a observou por um instante, então se levantou e estendeu a mão para Manu, que a segurou imediatamente, agarrando-se ao calor da pele da amiga. Um pouco do frio em seus dedos diminuiu ao sair do auditório.

Por que os fantasmas continuavam a perseguindo? O que Cecília queria, assustando-a daquela forma? Já não tinha sido suficiente ir atrás dela no banheiro, no corredor, até mesmo em seus pesadelos durante a noite?

— Era a Ana quem tinha que ser assombrada, não eu — murmurou Manu, e cobriu a boca em choque ao perceber o que disse.

Sabia que era egoísmo pensar daquela forma; a garota já estava sofrendo com a morte do namorado, não precisava de encontros pontuais com a loira do banheiro. Lágrimas escorreram pelo rosto de Manu, os sentimentos revirando-se dentro dela e transbordando em forma de choro.

— O que aconteceu? — perguntou Isadora, apertando a mão da amiga e guiando-a pelo saguão.

Será que Isadora estava mesmo bem, ou isso era mais uma ilusão? E se o real fosse a garota de joelhos no palco, com sangue escorrendo do pescoço?

Manu respirou fundo mais uma vez, contando até dez mentalmente. As palavras se enrolaram em sua língua, mas ela se esforçou para pôr tudo para fora: o temor, a frustração, o pânico. Thiago, Ana, Isadora, os fantasmas. O pavor que crescia, devorando tudo no caminho até não sobrar nenhum raciocínio coerente, apenas o medo e a dúvida sobre o que era verdade e o que era ilusão. Sua voz tremeu ao contar a Isadora que a vira machucada no palco, e então Cecília, ensanguentada e segurando a mesma faca que a assombrava desde aquele dia no banheiro.

Só percebeu que tinham chegado do lado de fora do prédio quando Isadora a empurrou com delicadeza contra a parede e parou na sua frente. Havia alguns alunos espalhados pelo pátio, conversando e estudando. Ninguém olhou para elas, mas Manu se sentia observada, a pele pinicando.

— Eu não aguento mais — chorou Manu. — E se isso aqui for mentira? Um sonho? — Seu tom de voz subiu, as palavras ficando cada vez mais urgentes. — E se você estiver morrendo agora e enquanto estou aqui olhando pra uma cópia sua, parada no sol enquanto você morre sozinha naquele auditório mofado? E se...

Isadora não deixou Manu continuar. Segurou o rosto dela e a beijou. A mente de Manu ficou vazia por um momento, todos os sentimentos se dissolvendo no beijo, o gosto adocicado e pegajoso do gloss de Isadora preenchendo todos os seus sentidos. Como era possível que a pessoa responsável por abalar seu mundo também fosse capaz de colocá-lo no lugar?

— Não aconteceu nada comigo — garantiu Isadora, depois do beijo, mas sem sair de perto dela, os dedos traçando linhas invisíveis em seu braço. — Eu tô bem. Eu tô aqui.

— Você não sabe o que vai acontecer — sussurrou Manu.

Isadora colocou um cacho de Manu atrás de sua orelha.

— Sei, sim. A gente vai descobrir o que aconteceu com os fantasmas — disse Isadora com segurança. — E os pesadelos vão acabar.

— Mas...

— Manu, me escuta. Eu também tô tendo pesadelos.

"Pesadelos?", ponderou Manu. Fazia sentido. Achava que tudo tinha começado do nada no auditório, mas estava havia semanas sem dormir direito. Tinha cochilado, e tudo não passava de um pesadelo.

— Nós não vamos morrer — continuou Isadora, séria. — Vamos descobrir o que aconteceu e as coisas vão voltar ao normal. A gente vai ficar bem. Só casais morrem aqui, lembra?

Manu mordeu o interior da bochecha com tanta força que sentiu gosto de sangue imediatamente.

Nenhuma outra coisa que Isadora dissesse provaria tão facilmente que era mesmo ela ali na sua frente, e não uma ilusão — a lembrança sutil de que Isadora até podia beijar Manu para acalmá-la e prometer que tudo ficaria bem, mas que não estavam juntas. Claro que não estavam.

Manu apertou o ônix e sentiu a ponta afundando em sua palma, mas o talismã não tinha o poder de protegê-la dos próprios sentimentos.

Doze

Os dias passaram com a companhia do barulho de sempre dos fantasmas e a presença constante de Isadora — Isadora fazendo um comentário irônico na aula de história da magia do Brasil II que cursavam juntas e levando bronca; Isadora tentando encontrar mais informações sobre os mortos e gritando com as paredes; Isadora estrelando todos os seus pesadelos, ora a beijando, ora a matando, e Manu não sabia qual cenário era o mais assustador; Isadora, real e em carne e osso, sem nenhuma faca ou ferimento, a puxando para uma das cabines do banheiro do prédio de Artes, beijando-a e perguntando quando seria convidada para conhecer seu novo apartamento.

Manu ia enlouquecer. Ou já estava enlouquecendo. Não tinha certeza se fazia tanta diferença assim já ter perdido a sanidade ou ainda estar no processo.

— Vocês *precisam* conversar! — disse Max, sentado no pufe da sala da monitoria de Manu. Ela havia contado ao amigo sobre Isadora, os pesadelos e a insegurança que a assombravam. — Sabe aquele negócio de duas pessoas pararem, ouvirem o que a outra está dizendo e tentarem resolver a situação juntas?

— Obrigada por me explicar o que é uma conversa — rebateu Manu, sentada do outro lado da sala com as costas apoiadas na parede e um caderno de desenho no colo.

Estava tentando reunir ideias para o trabalho final de ateliê de pintura I, mas sua criatividade era mais uma coisa afetada pelo caos dos fantasmas, e nada do que começava parecia bom o bastante.

— Disponha.

Manu bufou.

— Vou expulsar você da minha sala.

Ele riu.

— É sério. Parem de se agarrar quando acham que ninguém tá vendo e *conversem*.

— A gente não tá se agarrando.

— Aham, Maria Manuela. — Max cruzou os braços e afundou no pufe.

O lápis de Manu escorregou pelo caderno, riscando sem querer a página. Se ao menos Isadora perguntasse mais uma vez o que ela queria, Manu diria a verdade... Não, não podia jogar toda a culpa na outra garota. Se ao menos *ela própria* soubesse exatamente o que queria, se conseguisse pôr em palavras aquele incômodo que sentira quando Isadora disse que não corriam perigo porque não eram um casal... Pegou a borracha e passou pelo risco acidental no meio da folha, também apagando do desenho alguns cortes na bochecha e o aro esquerdo dos óculos.

Não era Cecília nem Isadora na página, mas sim uma mistura das duas garotas que não deixavam a mente de Manu em paz. Ela suspirou e desistiu do rascunho. Virou as páginas do caderno, olhando os outros desenhos inacabados: sombras, rostos indefinidos, paredes rachadas. No fim, uma lista de nomes que Manu já estava começando a decorar: todos os mortos da Agnes Dantas em treze anos.

Ela e Isadora estavam empacadas na investigação. Depois de tantos anos, não havia mais informações disponíveis além das que já tinham encontrado.

Frustrada era uma boa palavra para definir como Manu se sentia — uma palavra que continha o medo, a irritação e a raiva que surgiam quando pensava que *ninguém* tinha solucionado o mistério em todos aqueles anos. Quem ela e Isadora pensavam que eram para acreditar que podiam fazer algo diferente? Iam receber outro castigo, e ainda pior do que ter que limpar os restos de feitiços do campus. Ela engoliu em seco ao se questionar se havia chance de perder a bolsa.

Mas não estava fazendo nada de mais, estava? Era apenas uma aluna curiosa pesquisando sobre a história da universidade. Curiosa e assombrada, tremendo ao menor ruído vindo das paredes.

A porta da sala se abriu e Thiago entrou, seguido por Isadora. Ele colocou uma sacola de papel na mesa e deu um beijo no namorado, mas foi Isadora quem desabou ao lado de Max no pufe, jogando o cabelo preto para trás. Piscou para Manu, que sentiu a boca do estômago queimar de nervoso.

Thiago puxou a cadeira da mesa com um arranhar agudo que se sobrepôs aos murmúrios das paredes.

— Você não tá matando muita aula? — perguntou para Isadora.

Ela deu de ombros.

— Mais um item pra sua lista de coisas horríveis sobre mim.

Thiago respirou fundo. Manu mordeu o lábio, sem saber se deveria consolar um dos dois — ou a si mesma.

— Vocês acham mesmo que essa Cecília pode ser a loira do banheiro? — perguntou ele, mudando de assunto com uma careta.

— Pode ser qualquer pessoa — disse Manu, antes que Isadora o atacasse com outra resposta atravessada. — Mas, se for algum espírito querendo brincar com a gente, eu aposto na morta com a faca.

A visão do auditório tinha sido uma evidência, não? Por mais que Cecília tivesse dito para os outros fantasmas deixarem Manu em paz, ela estava sempre com a faca, e Isadora estava com o pescoço cortado... E se quisesse conquistar a confiança de Manu apenas para causar mais dor depois? E se realmente machucasse Isadora?

— Mataram ela a facadas — relembrou Isadora, interrompendo os pensamentos amedrontados de Manu. — Deve estar querendo se vingar.

— Mas o namorado dela já não morreu? — Max perguntou, franzindo a testa.

Manu pensou no nome no obituário que Isadora havia encontrado, junto com o de Cecília: *Rafael L. Vilela*. Uma busca no Google não tinha mostrado nada de útil; existia um punhado de "Rafaeis" Vilela. O site da Agnes Dantas e os históricos de projetos de extensão tinham mais de um aluno com esse nome no mesmo período e, para a surpresa de Manu, no mesmo projeto. Mesmo quando tentava recortar para o segundo sobrenome começado com "L", o resultado era frustrante. Quantos Rafaeis Lima Vilela, Lopes Vilela, Lira Vilela — ou seja lá que outros — poderiam existir na mesma universidade? Não ajudava em nada que tivesse morrido em 2006 e a internet não guardasse nenhuma foto sua. Pelo visto, ele não tinha se destacado a ponto de ter algum registro que chamasse a atenção.

— E a Cecília não deveria estar atrás só de quem ela vai matar? — questionou Thiago, distraído. — Pela lógica, não é aquela menina que tava chorando na palestra? — O garoto fez uma careta ao ouvir as próprias palavras. — Não que eu *queira* que mais alguém seja assombrado, muito menos morto, é só que... Por que ficar indo atrás de pessoas aleatórias?

Manu e Isadora trocaram um olhar. As aulas na Agnes Dantas sempre tiveram sua própria trilha sonora de ruídos e rachaduras, mas ser assombrado daquela forma, ver fantasmas onde não havia ninguém, ouvir as paredes sussurrando mensagens direcionadas? Se as vítimas tivessem sido assombradas assim, não só física, mas também emocionalmente, ao longo de todos aqueles anos, teriam encontrado pelo menos alguma menção a isso...

Não teriam?

A cabeça de Manu começou a doer. Isadora ainda investigava sua expressão, e estampada em seu rosto estava a pergunta que também não abandonava Manu: por que aquilo estava acontecendo com elas?

— Por que você tá estressada? Aconteceu alguma coisa? — perguntou Isadora. — Além dos espíritos que resolveram nos fazer de palhaças.

Estavam subindo para a aula de evolução das artes visuais de Manu. A próxima cadeira de Isadora começava no mesmo horário, mas já que tinha terminado todos os trabalhos e suas notas foram perfeitas, não se importava de chegar atrasada. Ela puxou Manu para uma pequena área vazia, em frente ao elevador de serviço. Ficou contra a parede branca e silenciosa, com Manu à sua frente. Com um pequeno sorriso, acariciou seu rosto.

Manu prendeu a respiração com o toque de Isadora em sua pele. Será que algum dia se acostumaria com o jeito como a outra garota lhe fazia carinho e abria aquele sorriso que derretia todas as suas defesas?

— Não estou estressada — Manu conseguiu responder.

Isadora fez um biquinho descrente. Tinha prendido o cabelo com um elástico, mas alguns fios já se soltavam em torno de seu rosto. A blusa branca estava amassada, e o colar com o pingente de ametista tinha alguns nós. Nos últimos dias, ela estava sempre um pouco amarrotada, mas era impossível para Manu achar Isadora qualquer coisa menos que linda, independentemente da roupa ou do cabelo.

— Eu te conheço — insistiu Isadora. — Tem alguma coisa te incomodando.

— Conhece mesmo? — Manu ergueu as sobrancelhas em provocação, mas soltou uma risada para disfarçar o nervosismo.

A amiga concordou com a cabeça.

— Há uns dez anos — disse ela. — Sei quando você tá estranha. O que foi?

Manu ficou reflexiva. Era a chance que precisava para conversarem. Era fácil — ou, ao menos, *deveria ser*.

Ela abriu a boca, as palavras se acumulando, mas a voz de Thiago surgiu em sua mente: "Você nem é uma opção pras pessoas".

— Nós estamos bem? — perguntou finalmente, forçando a voz a sair estável.

Isadora franziu a testa.

— Sim? Eu acho. A gente tá se falando de novo. E também… — Abrindo um sorriso malicioso, ela se inclinou para a frente, os olhos fixos na boca de Manu.

Uma gargalhada longa e aguda reverberou pelas paredes. Manu pulou para trás com o susto, e Isadora se afastou da parede. Era incrível como sempre podiam contar com a precisão dos espíritos em momentos como aquele.

A risada se transformou em uma série de risos curtos, tons agudos e graves se misturando. Os pelos dos braços de Manu, expostos pela blusa de manga curta, se eriçaram em arrepios que a fizeram estremecer. Não era um dia frio, mas os mortos sugavam o calor do local de tal forma que Manu sentia a pele ressecar.

Ela e Isadora não esperaram os fantasmas pararem de rir. Subiram um andar, encontrando um território mais calmo, com resmungos baixos que pareciam madeira estalando, mesmo que ali só houvesse concreto.

Percorreram o restante do caminho em silêncio, Isadora abrindo e fechando as mãos, a ponta dos dedos tocando as paredes com receio. Enquanto isso, Manu se manteve no centro do corredor, como de costume, torcendo para que fosse suficiente para fugir dos sussurros fantasmagóricos. Se despediram com um beijo rápido em frente à sala, e Manu se sentou no lugar de sempre, na segunda fileira. Se apressou para copiar as informações que já estavam escritas no quadro, mas sua mente voltava para Isadora, para as coisas não ditas entre elas, para as perguntas não respondidas. Entre uma dúvida e outra, a voz de Thiago ressurgia em sua mente: primeiro, para zombar dela; depois, questionando por que os fantasmas estavam tão interessados nas duas.

Ela rabiscou fantasmas de lençol nos cantos do caderno, tentando pelo menos ouvir o que a professora dizia, mas era impossível. Não estava acostumada a sentir medo daquela forma, nem o enjoo que vinha com os questionamentos, todos os "e se?" que brotavam em sua cabeça — e se não tivesse ido para a Agnes Dantas? E se não tivesse estudado na biblioteca naquele dia? E se ela e Isadora tivessem deixado para limpar o Instituto de Filosofia e História por último?

— Está acompanhando, Manuela? — perguntou Susana, a professora, observando Manu por trás de seus óculos de armação quadrada.

Manu fez que sim, torcendo para que sua expressão não a denunciasse. Sua falta de foco já estava num nível preocupante, e não era apenas naquela matéria. Perdera algumas aulas, não conseguia prestar atenção em outras... Tinha ficado na média nos primeiros trabalhos do semestre, mas começava a temer o resultado dos próximos. Seu corpo tremia só de pensar nas provas finais e na possibilidade de perder a bolsa de estudos.

Um som de vidro arranhando metal a fez ranger os dentes. As janelas se abriram e fecharam com um estrondo, e os alunos se agitaram. Manu, que estava perto, arrastou a cadeira para o lado, com medo de o vidro quebrar. A professora ficou em silêncio, esperando o alvoroço passar, mas sem se abalar. Ela provavelmente já dava aula na Agnes Dantas quando os primeiros fantasmas surgiram, o que explicava sua expressão indiferente mesmo com a agitação repentina. Aguardou por alguns minutos, até que o silêncio — isto é, as lamúrias baixas costumeiras e persistentes, mas toleráveis — voltasse a reinar.

E a calmaria veio acompanhada de um frio cortante, que fez Manu esfregar os braços, o corpo doendo pela mudança brusca de temperatura.

Ainda havia uma coisa errada. Sentindo subitamente uma presença por perto, Manu se virou e pulou no assento. Tinha certeza de que o lugar ao lado estava vazio quando chegou, tanto que deixara a bolsa ali, mas agora *alguém* o ocupava.

De perto, espinhas eram visíveis sob as manchas de sangue no rosto de Cecília. Os olhos, agora castanhos, eram mais vidrados do que brilhantes, e o vestido, mais amarelado do que branco. Abriu os lábios rachados, mas deles saiu apenas um som abafado, um gemido em vez de uma palavra. A faca não estava em nenhum lugar à vista, mas Manu não ficaria surpresa se a fantasma tirasse a arma das dobras do vestido ou a conjurasse no ar.

Levou a mão ao pingente de ônix num gesto automático. Olhou ao redor, mas a aula seguia sem qualquer sinal de que mais alguém tinha percebido o espírito sentado bem ali, do seu lado. Susana fez uma pergunta e um aluno respondeu. Manu ouvia as vozes, a firmeza das palavras, mas não conseguia compreender o que diziam.

Cecília pigarreou, um som rouco.

— Você vem comigo...? — As palavras saíram pausadas, como se a fantasma pensasse com cuidado em cada uma antes de falar.

Manu apertou ainda mais o pingente. O contorno do corpo de Cecília estremeceu como uma televisão saindo de sintonia.

— Posso ajudar...

— Não! — respondeu Manu, firme, batendo a mão na mesa.

— Sim, Manuela? — perguntou a professora, que aparentemente estava no meio de uma explicação. — Você quer dar a aula no meu lugar?

Manu piscou e olhou para a mulher. Em outro momento, teria morrido de vergonha, só que dessa vez só conseguia sentir o pânico se apossando lentamente de seus sentidos. Olhou para o lado mais uma vez, mas a cadeira estava vazia de novo, e sua bolsa, caída no chão.

— Desculpa — ela finalmente respondeu, a professora ainda a encarando com os braços cruzados.

Um arrepio subiu por sua coluna, e batidas vindas de dentro das paredes encobriram o restante da bronca de Susana. Manu decidiu não se esforçar para ouvir o resto da aula. Guardou suas coisas na bolsa, pediu licença e saiu com um nó na garganta, o coração acelerado e o ônix gelado entre seus dedos.

Ela estava ferrada. Seria reprovada por ter gritado e abandonado a aula. Perderia a bolsa, voltaria para a casa dos pais, viveria uma vida comum e sem qualquer pingo de magia.

Seria tão ruim assim? Não podia ser pior do que aquele medo que apertava a sua garganta. Uma vida comum não tinha espíritos a cada esquina, nem garotas mortas acabando com sua sanidade.

Ela podia ouvir risadas dentro das salas de aula. Se pertenciam aos alunos ou aos fantasmas, não sabia, e, na verdade, nem fazia diferença. "Somos todos um pouco fantasmas aqui dentro", ela pensou, uma pontada de ansiedade acelerando sua pulsação. Não estavam mortos ainda, mas no dia seguinte, quem podia garantir? A percepção disso... não era exatamente assustadora, mas causava um vazio, um buraco perfurando seus ossos, corroendo seus pensamentos. De alguma forma, era ainda pior do que o medo latente.

"Para", Manu ordenou a si mesma, descendo apressada. Pegou o celular e procurou o contato de Isadora inconscientemente. Seu dedo pairou sobre a foto, hesitante, mas Manu se forçou a abrir a janela de mensagens. Se havia corrido para ela antes, quando ainda estavam naquela fase esquisita em que não se falavam direito, não havia motivo para hesitar agora.

— Ei! — uma voz a chamou antes que ela pudesse digitar uma mensagem. — Você está com uma cara horrível.

Manu fez uma careta e ergueu a cabeça. Lucas estava sentado em um banco de madeira, sorrindo para ela. Era só o que faltava, ter que aguentar o rapaz no meio de uma crise. Pelo menos não havia mais ninguém no saguão, o que era uma raridade e, naquele momento, uma bênção.

— Ahn, obrigada...? — O nervosismo fez a voz de Manu estremecer.

— Não, é sério — insistiu Lucas. — Eu achei que a Isadora fosse ficar pior, mas foi você quem surtou de vez.

Manu estreitou os olhos para ele.

— Do que você tá falando?

— Vocês não estão procurando os mortos? — questionou Lucas, bocejando. Tinha uma mancha vermelho-escura na bochecha, que se estendeu com o movimento. — Não achei que *você* fosse surtar primeiro.

Manu guardou o celular no bolso e cruzou os braços.

— *Do que* você está falando, garoto? — repetiu com raiva.

Ela e Isadora não tinham contado a ninguém sobre as pesquisas. Até pensaram em falar para Max depois da palestra de Patrícia e Marcos, que ele ouvira inteira, mas não era como se tivessem algo novo para compartilhar, já que as buscas não deram em nada.

Lucas revirou os olhos.

— Eu sempre sei das coisas — falou, simplesmente.

Manu cruzou os braços.

— Não somos as únicas, já que seu grupinho de pesquisa ainda tá por aqui — disse ela, tentando não demonstrar ainda mais a irritação que a mera presença dele lhe causava. — Ou vai me dizer que desistiram de procurar?

Lucas balançou a cabeça e enfiou as mãos nos bolsos.

— Só procurei por eles enquanto ainda estavam vivos.

— O quê? — Manu franziu a testa, confusa. Sua nuca latejou, a dor subindo até o crânio. — Ah, quer saber? Foda-se. Se você não pode falar nada da pesquisa, também não precisa ser um imbecil e ficar fazendo esses joguinhos.

— Estressadinha. Cadê sua namorada? Ela é mais *receptiva* que você.

Manu respirou fundo, trincando o maxilar. Olhou para as escadas e o corredor lateral, que continuavam vazios, sem nenhum fantasma ensanguentado esperando por ela. Que pena. Sentia que era melhor lidar com Cecília e sua faca gigante do que com a ironia de Lucas.

— Mas é sério, eu não procurei por eles depois que morreram — continuou o garoto, abrindo um sorriso torto.

— Nas poucas vezes em que tentei conversar, eles foram bem hostis.

Lucas havia contado que os fantasmas não gostavam dele, e, *nesse caso*, Manu não podia julgar os mortos.

— Mas você continua estudando os fantasmas — apontou ela. — Por quê?

— Eu não estou estudando eles — falou Lucas.

— Mas você disse...

— Eu nunca disse *nada*. A Isadora que supôs isso, e por que eu ia contrariar? Ela gosta de pensar que sabe de tudo.

Manu retorceu os lábios, a pontada em sua cabeça parecendo cada vez mais um grito de alerta. Sim, Isadora o tinha apresentado como mestrando da Universidade Arcana. "Tipo isso", Lucas dissera.

— E o projeto de extensão da Fátima?

O rapaz abriu um sorriso animado, as mechas loiras — e, dessa vez, oleosas — caindo na testa.

— Ah, isso! — Ele desenrolou a manga da camisa branca; pelos pontos vermelhos no tecido, era a mesma que usava dias antes. — A gente estava tentando descobrir como estender a vida depois da morte.

— Viver para sempre.

— Continuar aqui depois de morto, na verdade.

Manu deu um passo para trás, arrepios subindo por sua pele.

— Por quê? — A voz dela era apenas um fio, mais baixa que um sussurro.

— *Por que não?* — rebateu Lucas. — Todo mundo vai morrer um dia. Deixar de existir, perder tudo o que construiu. Mas se existisse a possibilidade de continuar, de nunca ir embora... Por que não?

Manu mordeu o lábio com força, por cima de um corte recente, e sentiu duas vezes mais dor quando o gosto do sangue invadiu sua boca. Continuava com a mesma sensação de quando Lucas falara de sua pesquisa com Fátima pela primeira vez: devia ter procurado saber mais, se interessado mais, mas a morte não era seu assunto favorito, o que era irônico, considerando onde estudava. A vida era uma linha reta, ou alguma coisa próxima a isso. Nascer, viver, morrer. Talvez no máximo deixar uma marca, um legado para permanecer presente depois que a hora chegasse.

— Porque não é certo — falou Manu, finalmente.

— Nossa, você parece minha namorada, falando de certo e errado. Que coisa mais chata.

— Pra namorar com você, ela deve ser meio chata mesmo — comentou Manu, sem pensar.

Lucas riu alto, uma gargalhada cristalina que aumentou a dor de cabeça de Manu.

Ela olhou para Lucas de cima a baixo. Ele parecia confortável mesmo naquele banco duro. Observava Manu como se pertencesse completamente àquele lugar, com sua pele branca quase translúcida e a camisa desbotada. A mancha na bochecha estava mais escura do que na primeira vez que Manu a notara, o cabelo, mais embaraçado. Quando foi que isso aconteceu?

— Ela existe mesmo? — insistiu Manu. — Você tá sempre sozinho ou incomodando os meus amigos...

O rapaz a avaliou com os olhos semicerrados e uma expressão divertida. Manu tocou o pingente. A pedra suava como gelo derretendo.

— Vocês já se conheceram — disse ele.

No corredor que dava para o saguão, os quadros com fotos dos antigos professores do departamento caíram. O barulho ecoou no silêncio e dentro da cabeça de Manu, como peças de dominó caindo em sequência. Mas, em vez de cessarem, os sons aumentaram, batidas, gritos e risadas altas e longas ecoando pelo corredor e pelo saguão.

Manu estremeceu.

— Como você acha *isso* certo? Esse tanto de assombração e ninguém fazendo nada? — questionou, semicerrando os olhos para Lucas.

Ela esfregou a testa para tentar aplacar a dor que só piorava.

— Você vai se acostumar com a companhia — garantiu ele, aumentando o sorriso. — Fica mais fácil depois de morrer.

Manu piscou. Devia ter ouvido errado.

— Todos morrem um dia — comentou ele, risonho e despreocupado. — É o ciclo natural, sabe? Você está aqui com os fantasmas e depois se torna um deles.

Manu assentiu, sem saber como responder.

Pegou o celular, pois o pequeno pingente não era o bastante para ocupar suas mãos ansiosas. Quando olhou a tela, o saguão ficou em silêncio. Os lamentos e batidas pararam e, por um segundo, só o zunido do ar-condicionado era audível, até parar por completo também. O celular de Manu tremeu com a chegada de várias notificações ao mesmo tempo e se apagou. A tela se rachou com um estalo, e ela soltou um grito, assustada. Sentiu uma sombra passar ao seu lado, indistinguível de tão rápida.

Os sons voltaram de uma vez só, como se alguém os tivesse ativado com um botão.

— Espera, você ainda está viva? — A voz de Lucas era séria.

Manu ergueu o olhar para ele, com a mente girando e o pulso acelerado, mas de repente não havia ninguém no banco, e ela se viu completamente sozinha no saguão barulhento, com um celular estourado na mão e um arrepio subindo pela espinha.

Treze

Você ainda está viva?

A pergunta atingiu Manu como um raio: ela tremeu e sentiu o cérebro fritar. Ainda estava viva? Ou havia morrido? Em todos aqueles dias, com todas as dúvidas rondando sua cabeça, não tinha parado para pensar na diferença entre a vida e a morte, e, agora que Lucas fizera a pergunta, não ter considerado a possibilidade de já ter morrido parecia uma falha em toda a sua linha de raciocínio.

As sombras também não a ajudavam a organizar os pensamentos. Elas estavam em todos os lugares: deslizando pelas paredes, abrindo e fechando as portas, se infiltrando nas rachaduras. Os gritos aumentaram, longos gemidos de desespero rasgando a mente de Manu ao meio.

Ela sentiu as pernas se movendo, sem saber ao certo para onde ia — era difícil ter certeza, com as sombras ao redor, contornando sua visão e fazendo suor escorrer pela lateral do rosto.

Para além das sombras, o pátio estava bem iluminado pelo sol, com vários grupos de alunos conversando. Manu estremeceu ao se afastar do prédio de Artes, apesar do calor repentino. Tão tranquilos. Por que ela não podia ser uma daquelas pessoas, vivendo suas vidas normais, sem nenhum estresse além do fim do semestre e a vaga lembrança da morte de mais um semiconhecido?

Manu esfregou os olhos. *Você ainda tá viva?* Ela ia matar Lucas. O desconforto afiou as garras em seu peito, a dúvida fez seus passos vacilarem. E se fosse outro pesadelo? Mais uma ilusão, como o dia em que viu Isadora machucada no auditório mas nada tinha acontecido de verdade?

— Manu! — O grito veio de um dos grupos sentados perto das grades.

Isadora se levantou do gramado, despedindo-se dos colegas, e correu até Manu. Ao se aproximar, franziu a testa e segurou o braço da amiga, puxando-a suavemente para um canto e fazendo-a parar de andar a esmo.

A presença dela fez a pressão no peito de Manu diminuir um pouco, mas não durou muito.

— O Lucas... ele... — Manu começou a murmurar, a garganta dolorida de repente. Que horas eram? Quanto tempo tinha se passado desde o sumiço de Lucas? O olhar dela disparou para a multidão no pátio, procurando por ele, mas só conseguia enxergar rostos borrados, o burburinho das conversas sendo engolido pelos ruídos das paredes do prédio às suas costas. — Que inferno, esse barulho todo.

A preocupação no rosto de Isadora se intensificou, e ela fechou bem os lábios.

— Está normal — afirmou. — Tão normal quanto sempre.

Manu balançou a cabeça, discordando. Ouvia alguma coisa arranhar as pedras do chão, vibrando em seus ossos. Os gritos se transformaram em palavras soltas e quebradiças, jogadas ao vento e a envolvendo num redemoinho de sons.

— Tá tudo bem, respira — falou Isadora, com uma expressão que dizia que as coisas não estavam *nada* bem. Ela apertou os pulsos de Manu. — O Lucas foi encher o seu saco?

— Mais ou menos. — Manu respirou fundo e contou o que tinha acontecido.

Isadora assentiu. Uma mecha escapou de seu rabo de cavalo e ela balançou a cabeça, afastando-a do rosto. Uma alfinetada atingiu o coração de Manu. Era a segunda vez naquela semana que Manu se encontrava na mesma posição, com os pensamentos bagunçados enquanto Isadora tentava acalmá-la. Aquilo estava se tornando um padrão, tão constante quanto os mortos.

Pelo menos dessa vez não tinha visto ninguém morrer na sua frente, fosse em pesadelos ou não. Era um consolo ao qual podia se apegar, não era?

— Ok, a gente precisa fazer alguma coisa — disse Isadora, e Manu se inclinou um pouco para ouvi-la melhor em meio aos gritos crescentes. A raiva fervia em sua voz. — Isso já tá passando dos limites.

Isadora mordeu o lábio, olhando ao redor. Manu quase conseguia ver as engrenagens girando na mente dela.

— E se a gente falar com a Fátima? — perguntou, virando-se para Manu.

— Ela vai nos deixar de castigo ou ignorar o que a gente disser. Ou os dois. De novo. — E tudo que Manu não precisava naquele momento era de mais salas para limpar.

— Tem a Patrícia e o Marcos — lembrou Isadora. — Eles devem saber alguma coisa.

— Pensei que *a gente* fosse descobrir alguma coisa — reclamou Manu, ciente de que estava parecendo uma criança birrenta.

Isadora concordou. Uma sombra passou por trás dela, tão rápido que Manu se perguntou se tinha mesmo visto um vulto ou se era mais uma ilusão.

— A gente vai — garantiu Isadora. — Descobrir por que o mestrando deles, se é que o Lucas é mestrando deles, não nos deixa em paz é um bom começo.

Manu suspirou e assentiu. Isso era algo que elas podiam fazer, e uma distração para todo o barulho em sua cabeça.

— Certo. Você sabe onde eles estão agora?

— No instituto — disse Isadora. — Eles sempre ficam por lá, mesmo que a Fátima tenha liberado aquela sala no anexo da reitoria. Devem estar querendo bater um papo com a loira do banheiro.

— Não quero voltar naquele banheiro.

Manu já tinha visto Cecília muitas vezes nos últimos dias, não precisava ir atrás dela por vontade própria. Mas Isadora não respondeu. Deslizou a mão pelo pulso de Manu até entrelaçar os dedos nos dela. A mão da garota estava fria, mas firme como uma âncora em meio ao mar de gritos e sombras que ainda ondulavam ao redor delas.

"Sombras que só eu vejo", pensou Manu, amarga, caminhando ao lado de Isadora. Estava tão mal que até Lucas havia percebido que tinha algo de errado com ela. Mas por que ele achava que Isadora ficaria pior? As pessoas pensavam que conheciam Isadora porque ela falava demais, era simpática e expansiva, e confundiam a facilidade de ficar com ela com conhecê-la *de verdade*. Mas mesmo agora, andando de mãos dadas com ela pelo pátio, mesmo com os dez anos de amizade, ainda havia aspectos dela que eram uma incógnita para Manu.

Certo, *um* aspecto. Isadora gostava dela?

Manu tentou não pensar nisso. Estava trocando as assombrações dos corredores pelas que tomavam conta do seu coração, e isso só a machucaria mais. Já bastava Lucas tentando irritá-la.

Quando chegaram ao Instituto de Filosofia e História, encontraram o saguão vazio, sem guardas nem porteiro. Cacos de vidro de lâmpadas quebradas se espalhavam pelo chão, e os quadros com fotos de ex-diretores estavam rachados, os vidros ainda presos às molduras, as fotografias rasgadas e amassadas; um cenário parecido com o que Manu acabara de deixar para trás no saguão do prédio de Artes.

Os gritos e lamentos pararam por um instante, e o coração de Manu pulou, desacostumado ao silêncio. Um segundo depois, a porta de metal atrás delas bateu com força e uma gargalhada reverberou pelo espaço. Os quadros sacudiram na parede e as fotos se rasgaram ainda mais, uma força invisível transformando os papéis em tiras.

Isadora apertou a mão de Manu, que percebeu, com certo alívio, que dessa vez ela também via e ouvia aquela bagunça.

O celular de Isadora tocou, uma música pop animada que destoava da cena caótica e sombria. Isadora hesitou por um momento, então atendeu. Os gritos voltaram imediatamente.

— Oi, mãe — falou alto, apertando o celular contra o ouvido. — Tô na faculdade agora. *Não*, não tô matando aula. — Uma pausa. — Pode ficar tranquila, tá tudo bem. Tem um pessoal aqui no campus pra resolver as mortes, e a última foi a daquele menino que eu te falei. — Outra pausa. — Não, mãe, se eu for pra casa vai ser só nas férias, não posso ir embora antes do semestre acabar.

Os fantasmas nas paredes guincharam, talvez em uma reclamação porque Isadora podia ir embora, mas eles continuariam ali. Manu encarou os quadros e as paredes barulhentas. Será que os fantasmas estavam sempre inquietos porque estavam presos à Agnes Dantas? Para sempre dentro do campus, relegados a serem sombras dos estudantes que tinham sido um dia?

Entretanto, Cecília saíra. Se não ela, outra coisa tinha interferido na festa de Juliano.

Manu esfregou os olhos, cansada. Puxou o próprio celular do bolso, tentando se distrair enquanto Isadora ouvia o que quer que a mãe estivesse dizendo do outro lado da ligação, mas bastou um olhar para o aparelho quebrado para se lembrar por que estava ali, de volta ao lugar que não saía de seus pesadelos.

Você ainda tá viva?

Alheia ao incômodo crescente de Manu, Isadora abriu a porta de metal e a guiou para fora do prédio, de volta para a luz do sol, ainda falando com a mãe. Pelo que Manu conseguiu captar da conversa, um primo tinha passado horas listando todos os problemas da Agnes Dantas para a mãe de Isadora, e agora a garota precisava tranquilizá-la.

Manu também tentou acalmar a si mesma. Só de não estar mais naquele lugar, seu coração já começava a bater num ritmo menos frenético, e ela conseguia pensar com um pouco mais de clareza. Lucas devia ter saído enquanto ela estava desnorteada com o caos do corredor. Ou talvez ela tivesse perdido a noção do tempo entre a pergunta dele e o momento em que se virou. Ele nem se importou em avisar que estava se afastando porque ficava feliz ao vê-la nervosa. Só podia ser isso.

Ao lado de Isadora, Manu respirou fundo e olhou para as portas abertas do prédio novamente. O espaço se iluminou, uma luz branca vinda do nada, e a loira do banheiro apareceu no centro do saguão, virou as costas e passou por cima do vidro quebrado e por alguns bancos — *literalmente* por cima, os pés a centímetros do chão. Olhou para trás e moveu os lábios, falando diretamente com Manu, que não conseguiu entender.

Tão rápido quanto apareceu, a fantasma sumiu, deixando um rastro de sangue e terra no chão, visível de longe, provando que Manu não estava delirando. Não completamente, pelo menos.

Por impulso, ela soltou a mão de Isadora e voltou para dentro do edifício. A amiga chamou seu nome em meio à conversa com a mãe, mas Manu a ignorou, correndo escada acima.

Apesar da bagunça e da falta de vida no térreo, os andares superiores estavam movimentados: professores em reunião numa sala, alunos sentados no chão e conversando no corredor. Nenhum fantasma por ali, e mesmo os gritos estavam mais baixos, distantes e espaçados.

Manu continuou andando, impelida por uma onda de raiva e determinação. Aquela garota precisava deixá-la em paz; não dava para continuar com aquele jogo de aparecer do nada, amedrontá-la e sumir. Se queria deixar Manu fora de si, que fizesse isso de uma vez e não aos poucos, porque ela já não aguentava mais a inconstância, não saber quando teria um dia normal e quando seria importunada por uma menina morta. Isso devia ser parte do jogo, mas Manu não se importava. Queria sua vida de volta.

No terceiro andar, uma sala com a porta entreaberta chamou sua atenção. Era uma sala de aula comum e, pela fresta, ela reconheceu Marcos e Patrícia. Junto a eles, Douglas, o rapaz que ajudara na palestra, olhava o visor de uma câmera fotográfica.

Manu abriu a porta, esperando ser reconhecida. Precisou pigarrear algumas vezes.

— Sim, querida? — perguntou Patrícia, levantando o olhar de um livro grosso na mesa.

Manu apertou os lábios, sem saber exatamente o que dizer, a raiva e a determinação de minutos antes esmorecendo. Precisava voltar a raciocinar e parar de agir no piloto automático, parar de dar ouvidos aos pensamentos impulsivos que se infiltravam em sua mente.

— O mestrando de vocês estava comigo agora há pouco e ele... meio que... sumiu... do nada? — Sua voz foi ficando mais insegura conforme falava.

Patrícia trocou um olhar com Marcos, e os dois olharam para Douglas.

— Você tem alguma coisa pra resolver com ela? — perguntou Marcos, inclinando a cabeça para o lado, pensativo.

O rapaz tirou os olhos da câmera e observou Manu de cima a baixo.

— A gente nem se conhece. — Ele passou a mão pelo cabelo, bagunçando os fios, e abriu um sorriso. — Ainda.

Manu bufou.

— Não foi ele. Eu estava com o Lucas e aí ele... sumiu.

Quanto mais repetia aquilo, mais tonta Manu se sentia. Abriu e fechou as mãos, a ponta dos dedos formigando.

Patrícia ergueu a sobrancelha.

— Nós só trouxemos o Douglas — disse ela. Depois, olhou para Marcos ao questionar: — Você tem algum mestrando chamado Lucas? Eu não tenho.

A garganta de Manu secou.

— Você e sua namorada que encontraram a manifestação no banheiro, não foi? — perguntou Marcos com um sorriso gentil.

Os dedos estavam manchados pela caneta preta que segurava, o quadro atrás dele coberto de cálculos ininteligíveis para Manu.

— Não somos namoradas — respondeu Manu pelo que pareceu ser a milésima vez naquele mês, lutando para soar calma.

O pesquisador assentiu.

— Claro. Mas foram vocês, não foram? E como vocês estão? Encontraram mais algum espírito?

Manu gaguejou um "mais ou menos", mas não esperou novas perguntas. Pediu licença e deixou a sala com as vozes de Patrícia, Marcos e Douglas chamando por ela, sendo substituídas pelas lamúrias dos fantasmas.

Alguma coisa estava errada. Mais errada ainda. Manu mordeu o lábio. Não era possível que o nível de coisas bizarras fosse se multiplicar a cada dia. Ela tentou organizar as informações em sua mente, mas estava tudo embaralhado demais, nada fazia sentido.

Certo, então Lucas não era *mesmo* mestrando da Arcana. Desta vez, tinha falado a verdade. Havia mentido nas outras, então? Afinal, quem ele era? O que queria com ela e Isadora? As dúvidas lançaram fisgadas de dor atrás dos olhos de Manu.

Ela desceu para encontrar Isadora, mas a amiga não estava mais na entrada, nem no saguão ou nos banheiros do térreo. Provavelmente fora atrás de Manu. Por que Manu não conseguia ficar parada? Fugia de Isadora até quando não queria. Um nó apertou seu estômago ao pensar na amiga à sua procura, subindo os andares para encontrá-la, até… Ela prendeu a respiração, tentando não pensar no maldito banheiro, mas mesmo assim retornou às escadas. Subiu correndo, puxada por uma atração invisível, uma certeza que não fazia muito sentido, mas que martelava sua mente, mandando que se apressasse.

Seu rosto estava molhado de suor quando chegou ao sétimo andar. Estava vazio e escuro, como sempre, o espaço do corredor preenchido apenas por sons indistintos. Era impossível saber se eram gritos ou risadas, portas frouxas rangendo ou qualquer outra coisa.

Manu já tinha feito muitas burrices na vida: deixar para escrever um ensaio no dia da entrega, se matricular em eletivas no sábado de manhã, se apaixonar por Isadora. Mas voltar ao banheiro de Cecília devia ocupar o primeiro lugar dessa lista. Não tinha um motivo plausível para isso; Isadora podia estar em qualquer lugar. Ainda assim, ela começou a caminhar naquela direção, as pernas pesando feito chumbo a cada passo, o coração na boca.

— Eu disse que não ia demorar pra gente se ver de novo. — A voz veio do banheiro, um tom de felicidade desesperada. — Não importa o quanto você fuja, a gente sempre volta pra esse momento, Ceci.

— Não quero voltar pra momento nenhum — respondeu uma voz fina e distante. — Você me *matou*.

Manu fechou os olhos por um instante, respirando fundo, ouvindo os sons perfurantes das paredes. Conhecia aquelas vozes: haviam se tornado constantes em sua rotina, se intrometendo em suas conversas com os amigos e em seus pesadelos, transformando cada momento de sua vida em um caos completo.

Ela abriu a porta do banheiro com cuidado e registrou a cena à sua frente: Isadora, aterrorizada e encolhida no canto, encostada à parede; Lucas apontando para o espelho, os olhos injetados de êxtase; e dentro do vidro estava Cecília, o corpo dividido pelas rachaduras, as mãos empunhando com força a faca, sangue vermelho vivo gotejando da lâmina.

Lucas revirou os olhos, os lábios se contorcendo em uma careta.

— Por que você sempre se apega a esse detalhe? — perguntou, emburrado. — Eu amo você, Ceci. Estava com saudade.

— Qual é o seu problema?! — soluçou a fantasma, a voz quase sumindo. — Eu não aguento mais, Rafael! Você não pode me deixar em paz nem depois de morta? Eu não sou nada sua, *nada*!

Alguma coisa clicou na mente de Manu ao mesmo tempo em que Isadora murmurou do outro lado do banheiro:

— Rafael L. Vilela.

A parte misteriosa do nome. Rafael *Lucas* Vilela. O namorado que tinha matado Cecília e se matado logo depois. A segunda pessoa morta na Agnes Dantas. Manu e Isadora tinham lido tanto sobre os dois nos últimos dias e lá estava o rapaz, com elas o tempo todo. Como não pensaram nisso antes?

— Você é minha namorada! — gritou Lucas, cerrando os punhos, a voz se elevando, grave e com um eco que reverberou pelo espaço. Era como se não falasse sozinho, como se todos os outros mortos se juntassem à reclamação. Ele respirou fundo e completou em um tom mais controlado, mas que ainda parecia um coro: — E eu te amo.

O rosto de Cecília ficou lívido, o sangue e o pus que sujavam suas bochechas se destacando.

Pelo canto do olho, Manu viu Isadora endireitar a postura, ainda assustada. Manu deslizou silenciosamente pelo piso, passando por trás de Lucas, que continuava tentando fazer com que Cecília lhe desse razão.

Manu segurou a mão gelada de Isadora e se apoiou na parede junto com ela, a cabeça girando.

Ao menos agora, tudo fazia mais sentido: a pele quase translúcida de Lucas, as falas desconexas, ele estar sempre sozinho… Ainda assim, naquele momento, ele parecia vivo, exceto pelo fato de que não tinha reflexo no espelho. Por que Isadora não arrastara o garoto para um banheiro quando ficou com ele? Ela teria visto que Lucas não tinha reflexo, perceberia que havia alguma coisa errada…

Manu suspirou. Péssimo momento para divagar. Especialmente sobre Isadora *beijando* e *fazendo outras coisas* num banheiro com gente morta.

— Você também tá vendo eles? — perguntou em um sussurro para a outra garota.

Isadora assentiu.

— Então não é uma alucinação — murmurou Manu, estranhamente aliviada. — Eles te machucaram?

Outro aceno de cabeça, desta vez negativo.

— O Lucas disse que você tava me esperando aqui, que tinha visto a Cecília de novo…

— Eu vi — afirmou Manu, em voz alta. Lucas suspirou e a encarou com desdém. Ela encarou de volta e disse, para as duas assombrações, a raiva contorcendo suas palavras. — Vocês nos trouxeram até aqui pra terminar o que não conseguiram da primeira vez.

Não era uma pergunta, mas ainda assim Cecília respondeu.

— Não! — ela gritou, abraçando a faca. As rachaduras no espelho distorciam sua expressão de dor. — Eu tentei ajudar vocês, eu queria… Não era pra vocês pensarem isso, eu queria ajudar, mas é tão confuso ficar aqui sozinha.

Isadora balançou a cabeça, atordoada. Seus olhos verdes estavam arregalados, e o pulso, acelerado. Manu se sentia do mesmo jeito, o medo de Isadora como um reflexo do seu.

Lucas, Rafael, seja lá qual fosse seu nome, apenas riu.

— Não precisa se sentir culpada, meu amor — disse ele, com carinho, a voz finalmente voltando ao normal, o que fez o pânico de Manu aumentar ainda mais. A facilidade com que ele transitava entre a assombração transtornada e o cara galanteador era assustadora. O garoto se virou para Isadora e Manu, cruzando os braços. Sua pele estava meio cinzenta, encardida, e os olhos azuis haviam perdido o brilho. — Elas são as pessoas mais burras de todos esses anos. Ah! E é quase o nosso aniversário!

— Não é nosso aniversário, Rafael.

— A data que a gente morreu não é importante pra você? Se fosse o *Matheus*…

— Ele não teria me matado! — Cecília guinchou, as bochechas enrubescendo de raiva.

Manu pensou nos insultos escritos nos banheiros.

— Só porque ele era um covarde. — Lucas não pareceu abalado. Ele olhou para Manu e Isadora mais uma vez. — Podia estar com a gente agora, mas foi covarde e não voltou mais aqui depois que nós morremos. Tá vendo? Só *eu* gosto de você. O Matheus nunca gostou de verdade da gente.

— Qual o seu problema, Rafael? — A voz de Cecília tremeu. — Você não pode matar todo mundo.

Manu queria concordar com ela, mas se tinha alguma coisa que o histórico de mortes da Agnes Dantas mostrava era que Lucas podia, sim, matar todo mundo. Ao menos, todo mundo que ele quisesse. O rapaz revirou os olhos para a ex-namorada — atual? Qual era o status real do relacionamento deles? — e bufou, a expressão entediada.

— Como eu estava dizendo — continuou ele —, Isadora e Manuela são meio devagar. Foi divertido no início, mas agora tá chato. Elas nem percebem que são um casal.

— Não somos... — Isadora começou a balbuciar, mas Lucas a cortou.

— *Não somos um casal*, blá-blá-blá, *quero ficar com minha amiga, mas ela não gosta de mim desse jeito*, blá-blá-blá. *Não sou a primeira opção de ninguém*, blá-blá-blá. — Ele revirou os olhos mortos. — A gente pode pular logo pra parte em que eu mato vocês?

RESUMO: O projeto "Não é um ponto-final: A vida depois da morte" tem como objetivo analisar a possibilidade de viver espiritualmente após a morte do corpo físico. Para tanto, é necessário compreender a distinção entre "vida" e "morte", o que será feito com base na produção de Barreira (1998) e Weber (2001). Também será feito um estudo sobre o conceito de alma e, por fim, uma análise acerca do que acontece com o espírito durante experiências de quase morte. Estando em seus passos iniciais, as investigações realizadas até aqui supõem que o controle do espírito, quando desvinculado do corpo físico, necessita de um propósito ou direcionamento, dado por si mesmo ou por outros. A metodologia inicialmente utilizada inclui, mas não se limita, a revisão bibliográfica.

Resumo apresentado por Rafael L. Vilela no VIII Salão de Ensino da Universidade Agnes Dantas, sob orientação da Prof.ª Dra. Fátima Ribeiro Weber.

Catorze

— Não é nada pessoal.

Lucas sentou na pia e alongou os braços, um movimento tão fluido que parecia que não tinha ossos. E provavelmente não tinha mesmo, já que nem vivo estava. Era difícil digerir aquilo.

Ele sorriu para Manu e Isadora.

— Tá, na verdade é completamente pessoal — corrigiu. — Eu já tinha escolhido um casal esse ano, Daniel e Ana. Os dois estavam sempre brigando. Ela tá bem melhor agora, se querem saber minha opinião. O cara não merecia ela. Mas aí eu conheci vocês depois que ele morreu, e vocês são tão... emocionadas.

Um zunido passou por Manu feito estática. Lucas havia falado sobre sua iniciação científica, a pesquisa para continuar no mundo mesmo depois de morrer. Ele foi orientando de Fátima, então a reitora devia mesmo estar envolvida em estudos sobre esse assunto na época do primeiro assassinato... Estava ali o tempo todo, bem na frente de Manu, era só juntar os pontos.

Lucas tinha passado as últimas semanas acabando com sua sanidade, e era um fantasma, tão morto quanto Cecília.

— Não acredito que fiquei com um fantasma — murmurou Isadora, o incômodo nítido em sua voz. — Eu não acredito.

— Relaxa, você não foi a única — tranquilizou Lucas, com o sorriso debochado que tanto estressava Manu. — E nem fui a pior pessoa com quem você já ficou, tenho certeza.

Não era possível que Lucas estivesse fazendo piada. E, ainda assim, completamente esperado. Manu duvidava que ele tivesse algum limite quando ainda estava vivo. Como assombração, então... As bochechas de Isadora ficaram vermelhas. Aos poucos, o medo em sua expressão foi sendo substituído pela raiva, e ela apertou a mão de Manu com mais força.

Elas estavam certas o tempo todo sobre Cecília e Rafael e, ao mesmo tempo, não enxergaram o óbvio. Lucas não havia sido nem um pouco sutil falando de suas pesquisas, ele tinha chegado a sugerir que morrer era mais fácil do que se formar...

Manu desceu a mão pelo cordão com o ônix. O banheiro pareceu oscilar, sua visão se embaçando um pouco, como se olhasse tudo através de um filtro, os sons distantes, as portas das cabines atrás dela se abrindo e fechando com cliques baixos. A dor de cabeça forte e a mão de Isadora na sua eram as únicas coisas que ainda pareciam reais.

Ela respirou fundo, contando até dez e tentando manter a calma. Soltou o colar para não ter que soltar Isadora, e afastou o cabelo que caía no rosto, o suor grudando os fios na pele. O banheiro voltou ao foco aos poucos, e todas as portas se fecharam com um estrondo. Mesmo que Isadora já tivesse dito que também via os dois, que tivesse se indignado por ter ficado com Lucas... Se aquilo fosse um pesadelo, Manu nunca mais dormiria. E se fosse real...

A gente pode pular logo pra parte em que eu mato vocês?

Bem, ela nunca mais dormiria de qualquer forma.

A ideia de morrer e deixar tudo para trás tirou o ar de Manu. Não tinha ligado para seus pais naquele dia, a correção das provas da monitoria estava atrasada e ainda não havia conversado de verdade com Isadora. Isso era apenas o começo da lista de coisas que queria fazer. E tudo acabaria ali, num banheiro abandonado. Pelo menos tinham solucionado o mistério das mortes. Mas de que adiantava, se esse conhecimento ia para o túmulo com elas? Será que colocariam fotos delas entre os alunos de destaque? Ainda lançariam suas notas no sistema se estivessem mortas? Ela pelo menos ganharia um diploma póstumo, para deixar os pais orgulhosos?

Manu estremeceu. Dentro do espelho quebrado, Cecília embalava a faca na frente do peito, o cabelo loiro e sujo emoldurando o rosto. A expressão de raiva continuava, junto com... melancolia? Condescendência? Pena? Era difícil descrever o exato significado da curva de seus lábios ou da forma como inclinava a cabeça.

Enquanto Lucas parecia uma pessoa real, apenas um pouco sujo e amarrotado, Cecília mal parecia uma pessoa, mas sim uma lembrança, o último fragmento de uma memória.

Etérea.

Manu apertou mais a mão de Isadora e olhou para a porta fechada da entrada. O banheiro não era grande, e não havia ninguém no caminho delas. Bastava puxar Isadora e...

— Nem tentem fugir — avisou Lucas, percebendo o olhar da garota. — A porta está trancada. Lembra da última vez que você tentou abrir no chute? Não deu muito certo. — Ele deu um sorriso malicioso.

Derrotada, Manu olhou novamente para Isadora.

— Desculpa — sussurrou Manu.

— Você vai me contar que tá com eles e também quer me matar? — Isadora arregalou os olhos.

— O quê?! — Manu soltou uma risada incrédula. — Pelo amor de Deus, Isadora. Desculpa por ter chamado você. Se eu não tivesse falado nada...

Isadora bufou e revirou os olhos.

— *Eu* chamei *você* — lembrou ela. — E depois *você* veio atrás de *mim*.

— Ah.

Manu concordou, relembrando a ordem dos acontecimentos. Isadora estava certa. Mas se Manu não tivesse saído da aula, se não tivesse se encontrado com Lucas e depois com Isadora, nada daquilo estaria acontecendo. Na verdade, se não tivesse se aproximado de Isadora dez anos antes, se tivesse ido para uma universidade comum, ou então tivesse escolhido estudar no centro de convivência semanas antes, e não na biblioteca, como Isadora tinha sugerido... Foram tantas oportunidades de fazer as coisas de forma diferente, de evitar se machucar e arrastar Isadora para a sua bagunça de sentimentos — mas como fazer isso quando não conseguia nem mesmo lidar sozinha com aquelas emoções? E, se morresse agora, nunca poderia dizer à Isadora o que realmente sentia.

— É tão divertido ver vocês perdidas desse jeito — disse Lucas, distraindo Manu. Ele olhou para Cecília por cima do ombro. — O que você acha, Ceci?

— Que você é um psicopata e devia deixar a gente em paz, Rafael — respondeu Cecília, erguendo os olhos da faca.

Ainda era estranho ouvir o garoto ser chamado por aquele nome.

— Ai, Cecília, você tá monotemática hoje, hein? — reclamou ele. — Tinha que ter visto essas duas naquela festa. Qual era o nome do menino que levou um soco, mesmo? Júlio? Jonas?

— Juliano — disse Isadora com raiva. — Mas você nem viu o que aconteceu, só ouviu a fofoca. Então cala a boca.

— Ah, vocês ainda não entenderam? Cacete, como são lentas. — Ele abriu um sorriso largo e bateu com a ponta dos dedos na pia, um movimento sem som nenhum. — Eu fui com o Thiago.

— Como assim? — perguntou Manu, confusa.

A resposta, porém, começava a parecer óbvia: a insistência de Lucas para que Thiago dissesse com todas as letras que ele podia acompanhá-lo, a briga inesperada, a forma como ele começou a jogar todas aquelas verdades na cara delas, e depois como insistiu que não lembrava de nada. Lucas já sabia da briga e dissera que "todo mundo" estava sabendo, só que, parando para pensar, Manu não vira mais ninguém comentando... Haviam atribuído a culpa do surto de Thiago a Cecília, simplesmente porque o nome da garota aparecera na mente dele, mas tinham entendido tudo errado. "É mais como uma voz na minha cabeça, repetindo: 'Cecília, são essas as pessoas que você está tentando proteger?'", Thiago havia dito.

Se não estivesse com tanto medo naquele momento, Manu teria ficado feliz por ter acreditado no amigo.

— Foi você! — acusou Isadora, parecendo chegar à mesma conclusão. — Você possuiu o Thiago e disse tudo aquilo!

— Não falei nada que ele já não tivesse pensado. — Lucas passou os dedos no cabelo. Os fios loiros estavam brilhantes, não mais embaraçados. — É o que todo mundo pensa de você, Isadora. Não sei por que ainda finge surpresa.

Isadora afundou as unhas na mão de Manu e respirou fundo, o rosto ainda mais vermelho e os olhos brilhando com lágrimas não derramadas.

— Você é um babaca mesmo.

— Já me chamaram de coisa pior. Agora há pouco, na verdade. — Ele deu de ombros, apontando para Cecília com a cabeça. — Mas eu não fico todo magoadinho. Sei aceitar a verdade.

— Você mentiu o tempo todo — apontou Isadora.

— Eu *nunca* falei nada que não fosse verdade — rebateu Lucas. — Você que interpretou as coisas como quis. Não tenho culpa se você dá em cima de qualquer um e nem presta atenção se a pessoa tá viva.

Isadora soltou uma respiração pesada. Manu sentiu uma pontada no peito, uma sensação que não tinha nada a ver com o pânico que revirava seu estômago, e sim com Lucas machucando Isadora, falando coisas que sabia que a deixariam abalada. De novo. Ele já tinha feito isso antes, através de Thiago, e agora repetia sem culpa alguma, a diversão estampada em seu rosto.

Sem pensar, Manu soltou a mão de Isadora e se pôs na frente de Lucas, o queixo inclinado e os punhos cerrados em uma pose que esperava que fosse capaz de intimidar um fantasma.

— Ei, ei, cuidado, eu fico mais forte aqui — avisou Lucas. — Foi onde a Cecília morreu.

Cecília soltou um grunhido. Os fantasmas nas paredes se agitaram, resmungando mais alto.

— Onde você *me matou*, Rafael.

— É, isso — concordou o garoto, bufando. — Que diferença faz?

Cecília abraçou a faca com mais força, erguendo-a na altura do rosto. Manu se perguntou se eles repetiam aquela conversa nos últimos treze anos, se essa era a razão de tudo aquilo parecer tão teatral e ensaiado.

— Por que você não pergunta logo pra Isadora se ela vai continuar te enrolando? — questionou Lucas. — Algumas pessoas acreditam que ficar de cara com a morte as deixa mais corajosas pra lidar com os próprios sentimentos. Vou te ajudar, calma…

Sem dar tempo de Manu reagir, Lucas se virou para Isadora e suas feições escorregaram do rosto, transformando-o em um espaço em branco, sem olhos, boca ou nariz, como se ele fosse feito de cera de vela derretida e fios de cabelo loiro.

— Buh!

Manu pulou para trás com o susto e Isadora gritou. O rosto de Lucas voltou ao normal e ele riu, acenando para Isadora com deboche.

— Você tá bem? — perguntou Manu para Isadora, mesmo que fosse a pergunta mais inútil a se fazer no momento.

— Estou ótima — respondeu Isadora, entre dentes.

— Não está não — garantiu Lucas, balançando a cabeça. Pressionou os polegares nas pálpebras e piscou algumas vezes. Parecia que estava ajustando uma lente de contato, e não que tinha acabado de ficar sem rosto. — Vai, Isadora, fala logo qual é o seu problem...

— Eu não tenho nada pra falar! — interrompeu Isadora, trêmula. — Não tenho problema nenhum.

— Ah, tem sim! — cantarolou ele, com um brilho maldoso no olhar. — Conta pra Manu que você não consegue entender seus sentimentos por ela, que é por isso que fica fugindo.

Manu mordeu o lábio. Isadora não a tinha acusado de fazer exatamente isso? Ela respirou fundo, se obrigando a não cair na conversa de Lucas. Era óbvio que só estava tentando provocar as duas.

— Você não disse que ia matar a gente? — perguntou Isadora, com mais raiva. — Por que não faz isso logo?

Manu engoliu em seco. Isadora preferia morrer a falar o que sentia por ela?

— Mas aí eu não vou ver vocês conversarem — explicou Lucas, devagar, como se estivesse falando com duas crianças. — Vão só ficar gemendo nas paredes e não vou conseguir entender. — Ele bateu com os nós dos dedos na parede ao seu lado e os gemidos aumentaram, uma sinfonia de gritos e lamentos. As luzes piscaram algumas vezes até se estabilizarem de novo. — E eu não quero perder a cara da Manuela quando você contar pra ela que é só uma pessoa vazia e ninguém é capaz de te fazer se sentir completa...

— Para! — gritou Isadora, a voz estridente. — O que você quer que eu diga? É verdade, ok? É tudo verdade! Mas não importa. Eu *sou* completa. Que coisa mais ridícula, precisar de outra pessoa pra isso.

Isadora estreitou os olhos para Lucas, seu rosto em vários tons de vermelho. Ela se voltou para Manu, respirando fundo para tentar parar de tremer.

— Desculpa, Manu. Não tem nada a ver com você. É só que... é tudo confuso demais. *Eu* sou confusa demais.

Manu piscou, pega de surpresa, perdendo a pose. Sabia que as acusações de Thiago — de Lucas... Rafael... daquele garoto *morto* que resolveu brincar com elas — ainda assombravam as duas, mas a derrota no tom de Isadora fez seu peito doer ainda mais. O que podia fazer para ajudar? O que *deveria* fazer? Todas as vezes em que precisou, Isadora esteve ao seu lado, segurando sua mão e garantindo que estava tudo bem, mesmo quando ainda estavam naquela fase esquisita, brigadas.

Mas, antes que Manu pudesse falar qualquer coisa, Isadora continuou, mais frustrada do que com raiva dessa vez:

— Eu tentei! — Ela passou a mão pelo cabelo. — Tive namorados, fiquei com amigos e desconhecidos e... sei lá. As pessoas sempre falam sobre como estão *apaixonadas* umas pelas outras, mas eu nunca senti isso. Acho que nunca gostei das pessoas desse jeito, sabe, como nessas matérias que a gente passou a semana lendo.

— Que bom, porque todos ali acabaram mortos — comentou Manu, baixinho.

Lucas riu e bateu palmas, tão entretido que parecia ter deixado temporariamente de lado a ideia de matá-las. Atrás dele, Cecília parecia querer vomitar — não que pudesse, Manu achava. Isadora cruzou e descruzou os braços, inquieta.

— Mesmo assim — continuou ela. — Eu não sei o que deveria sentir pelas pessoas. Nunca parece o suficiente, e não quero magoar você.

— Eu não te pedi em casamento, Isa — argumentou Manu, a frustração também atingindo-a. — Nunca te pedi *nada*.

— Não, mas você é você, e eu te conheço.

Manu enrijeceu, tentando entender o que aquela frase significava.

Era óbvio que Isadora a conhecia, as duas eram amigas havia anos. Tinham passado juntas pelo ensino fundamental, pelo médio, entrado na mesma universidade. Quando Isadora arranjou um namorado pela primeira vez, Manu passou a madrugada seguinte nas redes sociais do garoto para ter certeza de que era um cara legal. Quando *Manu* começou a namorar, encolheu-se com a ideia de Isadora não gostar do menino. Ela sabia dizer de cor as comidas favoritas de Isadora, reconhecer seu humor apenas com um olhar. Havia uma dúzia de detalhes, pequenas coisas que compunham aquele relacionamento, uma sintonia que Manu não tinha com os outros, porque os outros não eram Isadora.

"Puta que pariu", pensou, porque de repente tudo pareceu sério demais, grande demais, um elefante branco entre elas e os fantasmas naquele banheiro apertado.

"Você é você, e eu te conheço."

Isadora tinha entendido, tinha notado os sentimentos de Manu mesmo quando ela própria ainda estava em negação, e agora Manu conseguia pensar naquilo como uma palavra de quatro letras, não apenas um emaranhado confuso de sensações.

Os fantasmas... Manu olhou rapidamente para o lado. Eles continuavam ali, observando a conversa com atenção — Lucas com um olhar malicioso, Cecília com uma careta de dor que enrugava os ferimentos no rosto.

— Quando você me beijou naquela primeira vez, eu surtei — confessou Isadora, baixinho. — Porque se eu acabasse te magoando por não corresponder aos seus sentimentos como deveria... como eu sei que não consigo...

O estômago de Manu se revirou. Estavam sendo observadas por um casal de namorados mortos e uma dúzia de espíritos, mas, ainda assim, a ideia de ouvir o discurso "é melhor sermos só amigas" era o que mais a fazia ter vontade de sair correndo dali.

— Mas eu gosto de você. — Isadora ergueu o queixo, arrogante. Mesmo naquela situação, o coração de Manu acelerou ao perceber como Isadora conseguia transitar entre tantos sentimentos de uma vez. — Eu não queria, e isso parece trabalhoso demais, mas gosto de ficar com você. — Ela bufou. — É tão *estranho*. Eu posso só não gostar de você? Nem de ninguém nunca mais?

A boca de Manu se abriu, e ela respondeu lentamente assim que entendeu que o discurso estava sendo muito diferente do que ela esperava.

— Sim, claro, com certeza é uma coisa que você *decide* como vai acontecer.

Isadora revirou os olhos.

— Não tem graça, tô aqui expondo todos os meus sentimentos pra você, besta.

— Eu sei, mas eu tô nervosa também. — A verdade escapou da boca de Manu antes que ela pudesse se controlar.

— É isso, você me deixa nervosa. — A expressão de Isadora se suavizou. — Não quero te magoar. Mas também não consigo mais ficar *meses* sem falar com você. Não quero uma vida sem você nela. — A voz dela estava trêmula.

De repente, Manu se sentiu imbecil, *tão* imbecil por ter saído correndo quando Isadora se trancou no banheiro, interpretando a reação da amiga como rejeição, sem ao menos perguntar o que ela estava sentindo. Teria poupado meses de mal-estar entre elas se tivesse usado o cérebro ao menos naquela vez. Se as duas tivessem usado. Se as duas *falassem* uma com a outra, em vez de surtarem sozinhas.

— Eu amo o amor! — comemorou Lucas, debochado. — Vocês já se entenderam? Ótimo. Muito mais divertido assim, não é mesmo? Se quiserem dar um beijo, por mim tudo bem. Eu gosto de ver... Se quiserem que eu participe também...

— Você continua o mesmo imbecil de sempre. Não sei como eu gostava de você — disse Cecília em um tom cortante. Ela cruzou os braços, a faca roçando a lateral de seu vestido puído. Deu um passo para a frente, aproximando-se do espelho. — Mas agora você não precisa mais fazer isso, Rafael. Deixa as garotas irem embora.

— E passar *o tempo inteiro* preso dentro de um espelho como você? Nem pensar! Você sabe que eu preciso delas pra continuar andando entre os vivos. — Lucas se virou, ainda sentado na pia, e levantou as mãos em um gesto apaziguador. — A gente pode dividir, Ceci. Você pode escolher a sua favorita. Sei que você se apegou a elas. Não seria romântico? A morte das duas ser o motivo da nossa reaproximação? Um amor resgatando outro!

Manu agarrou a mão de Isadora, que a puxou para perto, em um abraço desajeitado.

No espelho, Cecília balançou a cabeça, o olhar abatido e sem esperanças.

— Você quem sabe — disse Lucas, saltando da pia.

Em um só passo, ele parou na frente das garotas, estendeu a mão e puxou Isadora para longe de Manu, imobilizando-a na parede pelo pescoço.

Isadora, Manu e Cecília gritaram ao mesmo tempo.

Manu puxou o braço de Lucas, mas não conseguiu afastá--lo. Fechou o punho e socou o nariz dele. A dor subiu por seus ossos, e, para a sua frustração, Lucas apenas riu.

— O que você vai fazer? — zombou ele, olhando para Manu. — Me matar?

Manu se sentiu a pessoa mais burra do mundo, mais do que Lucas a tinha acusado de ser. Ela e Isadora haviam passado a semana inteira lendo sobre fantasmas, mas nem pensaram em pesquisar como se livrar deles.

Ela recuou e apertou o colar, a pedra tão gelada que seus dedos latejaram. No lugar onde a peça antes tocava seu peito, havia uma marca vertical no formato da joia.

— Você disse que podia ajudar — lembrou Manu, encarando Cecília.

Ela fizera isso antes, certo? Pensando agora, Manu percebia que Cecília impedira os fantasmas de a enlouquecerem com a visão de Isadora no auditório. *Lucas*, compreendeu Manu. Por isso ele tinha saído agitado da palestra.

O rapaz riu ao mesmo tempo em que algo sussurrou dentro da mente de Manu, uma voz quebradiça e baixa: "Posso mesmo".

Manu tremeu — nunca se acostumaria com a voz da fantasma invadindo sua cabeça. O rosto de Cecília estava praticamente colado ao espelho, e as rachaduras pareciam cortes em sua pele ensanguentada. Manu olhou de Cecília para Isadora e Lucas. Isadora se debatia, mas o rapaz a enforcava com um sorriso, como se estivesse tendo o dia mais divertido de sua existência.

Manu soltou um soluço seco, solitário, sem nenhuma lágrima. Podia confiar em um espírito? Ela engoliu em seco. Se Cecília estivesse mentindo... Mas se hesitasse demais e Isadora morresse... Não tinha tempo de considerar todas as opções, então assentiu para Cecília, um nó revirando seu estômago.

A garota morta desapareceu dentro do espelho e se materializou ao seu lado. Manu engoliu em seco; nunca se acostumaria com a proximidade física dos espíritos.

Ao perceber a presença de Cecília, Lucas afrouxou o aperto no pescoço de Isadora e olhou por cima do ombro.

— Sabia que você ia entender dessa vez, Ceci. Essas duas são mesmo... *especiais.*

Cecília acenou fracamente. Ela se inclinou para mais perto de Manu, desajeitada, e Manu sentiu uma onda de frio se espalhar do corpo da fantasma para o seu, entorpecendo-a, mas se forçou a ficar de olhos abertos.

— Eu nunca fiz isso antes — disse Cecília em um lamento. — Mas ele sempre fica mais forte quando mata alguém. E eu estou cansada, muito cansada, e só quero ir embora.

Manu assentiu, percebendo que aquela frase podia ter sido sua, implorando para voltar para casa. Não sabia que ameaças de morte podiam ser tão exaustivas.

Lucas ergueu o polegar, satisfeito com a namorada.

— Você vai poder pegar o corpo de qualquer um e passear por aí quando estiver mais forte, Ceci. Vai ver como tudo vai ser mais fácil daqui pra frente. — Ele se voltou para Isadora e brincou com uma mecha do cabelo dela. — O que acha, Isa? Vamos assistir à estreia da Ceci? Assim você pode ver o quanto faz mal a quem você ama... — Ele fez uma pausa, pensativo. — Ou melhor, *gosta.* Não vai dar tempo de você aprender a amar alguém.

Manu se encolheu e deu um passo para trás, esbarrando na porta da cabine do meio. Cecília olhou para a porta e fez uma careta. Manu lembrou dos xingamentos escritos ali dentro.

Isadora aproveitou a distração de Lucas para tentar se soltar mais uma vez. Ela balançou a cabeça para Manu, os olhos arregalados e brilhantes com lágrimas.

Cecília ergueu a faca perto do rosto de Manu. Sob a camada de sangue molhado, a lâmina tinha cor de ferrugem. *Sangue seco*, Manu percebeu.

— Posso usar você pra atingir o Rafael? — perguntou Cecília em um sussurro.

Manu piscou, as palavras dançando em sua cabeça. A fantasma estava realmente do seu lado.

— Tudo bem — concordou, a voz trêmula. — Pode.

— Sinto muito por isso — disse Cecília com uma expressão de desgosto, os lábios torcidos para baixo.

Desceu a faca em um borrão, e Manu ergueu os braços instintivamente para se proteger.

A lâmina rasgou um arco na altura do seu peito, arrebentando o colar de ônix. Um corte se abriu, e Manu gritou com a dor aguda, o sangue quente escorrendo de seu colo. Cecília segurou o ônix, agora sujo de sangue. Ela observou o pingente, a pedra retendo a luz do ambiente.

Manu pressionou o corte, tentando estancar o sangue, mas começava a se sentir fraca, trêmula. Cecília enrolou o cordão no punho e levantou a faca de novo. Manu e Isadora gritaram ao mesmo tempo. Entretanto, em vez de acertar Manu, a fantasma se virou e enfiou a lâmina no peito de Lucas. O sorriso de orgulho dele foi substituído por uma expressão de surpresa.

Isadora escorregou pela parede, e se arrastou até Manu, que estendeu a mão, os dedos sujos de sangue.

— O que você tá fazendo?! — gritou Lucas, ainda desnorteado.

Cecília puxou a faca de volta, mas a manteve erguida. O pingente de ônix balançava em seu punho, o sangue de Manu escorrendo por ele e manchando os dedos dela.

— O que...? — começou Isadora, ao mesmo tempo que Manu falou em seu ouvido:

— Eu achei que ele fosse te matar.

Isadora massageou o pescoço, a marca dos dedos de Lucas impressa em sua pele branca.

— Estou cansada — repetiu Cecília, a voz mais forte do que antes. — Não aguento mais ficar presa aqui, Rafael, só porque você decidiu pôr aquela pesquisa em prática. Só porque você acha que me ama e que *por isso* eu tenho que ficar com você pra sempre.

— Não é assim que você vai conseguir a liberdade! Você não sabe como isso funciona!

— Matar alunos e possuir o corpo deles também não é liberdade! — gritou Cecília.

Ela avançou com a faca de novo, e Lucas deu um passo para o lado, apoiando-se na parede do canto. Cruzou os braços em uma pose arrogante, mas seus olhos denunciavam choque e, para a surpresa de Manu, medo.

— Eu não quero mais ficar presa a você — continuou Cecília. — Tendo que ficar dentro de paredes e espelhos, te vendo matar os alunos nesse seu ritualzinho ridículo. A gente nem estava mais junto quando você me matou!

— Porque você me abandonou! Vocês me abandonaram! Você não pode me deixar de novo, Ceci.

Dessa vez, quando Cecília avançou com a faca, Lucas não tinha mais para onde fugir. Ele ergueu os braços, mas a lâmina se afundou neles como se fossem feitos de manteiga.

Cecília golpeou várias vezes, num movimento quase maníaco, até o tecido da camisa ficar completamente vermelho e cheio de buracos que quase deixavam a parede de ladrilhos atrás de Lucas à mostra.

Isadora apertou o punho de Manu, que, por sua vez, não teve reação. *O que* estava acontecendo? Era possível matar o que já estava morto? Cecília parecia bem empenhada em tentar. A fantasma ajustou o ônix entre a palma da mão e o cabo da faca, ambos manchados com o sangue de Manu. A garganta de Manu se fechou, como se fosse seu próprio pescoço entre os dedos de Cecília. Ela arfou, o peito dolorido, mais sangue escorrendo do ferimento. Sua camisa já estava encharcada.

— Cadê o seu colar? — perguntou Isadora.

Ela tirou a blusa de manga longa que vestia e pressionou o tecido contra o corte no peito de Manu, para estancar o sangramento.

Manu apontou com o queixo para Cecília, que ainda apertava o talismã; o movimento fez sua cabeça girar. O presente da tia, seu amuleto de proteção. Ela havia zombado tanto de si mesma porque o ônix não funcionava para amortecer a dor de seus sentimentos não correspondidos, mas realmente *era* uma peça que a protegia.

O colar estava conectado à Manu. Cecília o tinha marcado com o sangue dela... E, assim como Lucas havia feito com Thiago, Cecília também pedira sua autorização para usar Manu.

O coração de Manu parecia prestes a atravessar o peito, sua respiração arranhava a garganta enquanto ela percebia o peso daquela permissão. E se Cecília conseguisse matar — destruir? Acabar? Qual era a palavra certa? — Lucas, mas acabasse matando Manu também? Que imbecil. Estava nas mãos de uma garota morta que não falava coisa com coisa. Sentia dor e gostava tanto de Isadora e agora sabia que era recíproco e tudo era muito confuso e queria tanto a sua mãe para levá-la ao hospital depois de lhe dar uma bronca e sentia *tanta* dor que era difícil manter os olhos abertos.

— Fica acordada, Manuela — falou Isadora, a voz atravessando os pensamentos de Manu como tinha atravessado suas alucinações dias antes. — Você não vai morrer agora. Não vai me deixar sozinha *assim*.

Manu percebeu que estava sentada no chão, apoiada na parede de uma das cabines, com Isadora agachada à sua frente. Quando isso tinha acontecido? Ela suspirou, o ferimento agora pulsando constantemente em seu peito. Não era justo morrer sem dizer nada de volta.

— Também... gosto de você — sussurrou ela, a respiração pesada.

— Eu sei — respondeu Isadora, apertando ainda mais sua blusa contra o corte. — Agora fica quieta, ok? Quando a gente sair daqui, você me diz o quanto eu sou incrível.

Uma risada escapou dos lábios de Manu, fazendo-a engasgar. Bem, pelo menos agora Isadora sabia que os sentimentos dela eram recíprocos.

Ao fundo, Manu ouviu Cecília gritar alguma coisa para Lucas.

— Para com isso, Ceci, olha o que você tá fazendo comigo! — Lucas respondeu.

— Eu sei muito bem o que eu tô fazendo, seu babaca!

A fantasma deu outra facada no ex-namorado.

— Eu te amo! — berrou ele.

— Não quero esse amor, Rafael!

Mais uma facada.

— Deixa de ser burra, Cecília! Se eu morrer...

— Você já morreu, Rafael. Você não existe mais. É só uma sombra. Ninguém nem lembra de você!

Em um último lapso de consciência, Manu olhou para cima e viu Cecília se aproximando ainda mais de Lucas, curvado contra a parede, cambaleante. Ele tentou continuar protestando, mas Cecília não lhe deu tempo: enfiou o ônix na boca dele e afundou a faca de novo em seu peito.

Os olhos de Lucas reviraram, e ele caiu de joelhos.

Manu gritou e apertou o ferimento no peito, que queimava como nunca. E então, de repente, aquela dor aguda cessou, deixando apenas um leve incômodo em seu lugar. A garganta de Manu secou, e sua consciência pareceu voltar aos poucos, junto com uma dor de cabeça que lançou pontadas em seu crânio. Ela tossiu e Isadora a abraçou.

O corpo de Lucas tremeu, oscilando, murchando como um balão. Ele se curvou, as roupas se encolhendo também.

As portas das cabines bateram várias vezes, e um vento gelado tomou o banheiro por completo, arrepiando cada pelo no corpo de Manu. Ela segurou a mão de Isadora, procurando a solidez da garota para se apoiar, para garantir que estava tudo bem, que não tinha desaparecido com Lucas.

Todo o movimento cessou de repente, o silêncio quebrado apenas pelo ônix de Manu caindo no chão e quicando em estalos baixos, que normalmente seriam inaudíveis entre os lamentos das paredes.

Se as paredes ainda estivessem se lamentando.

Olhando ao redor, Manu também não encontrou Cecília.

— O que...? Cadê a...? Caralho.

— É — concordou Isadora, exausta. Soltou a mão de Manu e massageou o próprio pescoço. — Caralho.

— Hum, meninas? — O chamado veio do espelho.

Manu fez uma careta. Voltariam ao início, encontrando a loira do banheiro num espelho sujo? Ela respirou fundo, se arrependendo do esforço imediatamente. Isadora se levantou e a apoiou contra seu corpo ao percorrerem a curta distância até o espelho.

Do outro lado, Cecília esperava por elas.

O vestido de Cecília estava num tom de branco tão puro que chegava a brilhar, o cabelo loiro, preso em um rabo de cavalo arrumado, e seus olhos brilhavam, não com maldade, mas com uma paz que Manu conseguiu sentir mesmo através do vidro gelado.

Cecília abriu um sorriso delicado, sem qualquer intenção homicida.

— Obrigada — falou ela. — Desculpa ter te machucado. Eu nunca tinha feito isso antes.

Manu abriu a boca algumas vezes, mas não conseguiu encontrar palavras que expressassem sua confusão de sentimentos. Cecília acenou com a mão e deu as costas para ela e Isadora, afastando-se cada vez mais do espelho até seu corpo desaparecer na luz.

Isadora pegou o pingente do chão e o observou por alguns segundos antes de guardá-lo no bolso da calça jeans. Manu piscou, ainda chocada demais para processar tudo o que havia acontecido.

Sem falar mais nada, as duas saíram do banheiro, agora destrancado. No meio do caminho, Isadora deu um beijo na sua bochecha e Manu sorriu, uma tranquilidade compartilhada entre elas.

As paredes continuaram em silêncio.

Quinze

— Então não era a Cecília lá em casa? Era *outro* fantasma? — perguntou Juliano, sentado no chão, as costas apoiadas no sofá em que Max e Thiago estavam sentados.

A ideia de chamar os amigos para jantar fora de Manu. Entre artigos para ler, o trabalho final de ateliê de pintura I e os pesadelos que ainda atrapalhavam seu sono, mal tinha conseguido falar com eles sobre tudo o que tinha acontecido. Então ali estavam, na sala do apartamento de Manu, uma das caixas de pizza vazia, uma garrafa de vinho quase no fim e muitas dúvidas sobre Lucas, Cecília e a quase morte de Manu e Isadora.

Pelo menos as perguntas dos amigos não vinham recheadas de acusações veladas — não podia dizer o mesmo de Patrícia e Marcos. Quando ela e Isadora saíram do banheiro, tinham sido interpeladas pelos professores e por Douglas, o verdadeiro mestrando. Eles as encheram de perguntas sobre o que tinham feito e por que o prédio caíra em um silêncio súbito enquanto estavam no banheiro. Todas as perguntas pareciam acusações, alfinetando a mente já dolorida de Manu, e o fato de terem ignorado completamente os ferimentos dela e de Isadora só a deixou mais exausta.

— A Cecília queria nos ajudar — explicou Manu.

Quando ela disse isso aos pesquisadores, recebeu olhares de cima a baixo, como se tivesse surtado de vez, mas Juliano não a olhou com julgamento. Na verdade, para a surpresa de Manu, ele estava muito mais aberto a ouvir sobre os espíritos agora que os amigos tinham contado que os gritos e gemidos das paredes da universidade haviam cessado.

— Só não precisava ter te assustado tanto — resmungou Isadora, jogada em uma das poltronas, os óculos erguidos na cabeça. Sorriu para Manu e lhe deu uma piscadela.

— Se algum dia mais espíritos assassinos vierem atrás de vocês, lembra de avisar que não precisam fazer esse show todo, tá? — brincou Max.

Manu estremeceu só de pensar em outro fantasma as perseguindo, mas Isadora apenas pôs os óculos, ajeitou-se na poltrona e levou a mão ao peito, dramática.

— A gente podia estar *morta* agora. Presas pra sempre com aqueles fantasmas! E você aí fazendo piada?

— Sorte do fantasma que pudesse ficar com você pra sempre — Manu deixou escapar.

Ela apertou os lábios, xingando-se mentalmente. Procurou pelo conforto de sempre no colar de ônix, mas só havia a cicatriz deixada por Cecília.

Isadora prendeu o cabelo em um coque, os ombros tensos. Max e Thiago ficaram em silêncio, olhando de uma para a outra como quem observava uma bomba prestes a explodir sem saber para onde correr, mas Juliano olhou apenas para Manu e moveu os lábios, murmurando baixinho "Relaxa". Ótimo, todo mundo tinha percebido.

"Parabéns", pensou Manu. "Você continua estragando tudo."

Semanas tinham se passado e as duas estavam ainda mais próximas. Isadora dormira várias noites no apartamento de

Manu, elas tinham passado tardes assistindo séries e se candidatando a vagas de estágio — Isadora em escolas da cidade e Manu no museu de Vista da Estrela e em uma galeria de arte —, mas, tirando aquela conversa provocada por Lucas no banheiro, não voltaram ao tópico *sentimentos*, e não saber se estavam na mesma página às vezes fazia a cabeça de Manu doer.

— Tá, se entendi direito — disse Juliano, quebrando o silêncio desconfortável. Como estava sentado de costas para Thiago e Max, ele virou a cabeça, encarando o casal. — Em resumo, o Thiago precisa aprender a dizer "não".

Thiago fez uma careta.

— Mas…

— Você vai continuar deixando *espíritos assassinos* usarem seu corpo?! — perguntou Max, erguendo as sobrancelhas em uma falsa indignação. — Achei que só eu pudesse. A gente tem que rever os termos dessa relação, hein?

Juliano coçou o queixo, um sorriso se abrindo no rosto.

— Se vocês se beijarem enquanto tem um espírito no corpo do Thiago, é um beijo triplo?

Manu não conseguiu conter um risinho ao ver Thiago ficar vermelho.

— Nossa, e a gente pensou que o Lucas tava dando em cima do Thiago — comentou Isadora, no mesmo tom zombeteiro de Juliano. — Mas na verdade ele queria era pegar o Max.

Thiago se afundou no sofá, escondendo o rosto com as mãos. Ele e Isadora tinham voltado a se falar, de um jeito meio desajeitado no início, mas agora já nem parecia que a amizade havia estremecido por um tempo.

— Vocês não vão me fazer pensar no meu namorado transando com um espírito — disse ele, o rubor descendo pelo pescoço.

— Eu falei *beijar* — lembrou Juliano. — Você que está indo longe demais.

Max puxou o namorado para um beijo, ainda rindo, mas parou, os rostos deles quase colados.

— Ai, que merda, eu não tinha pensado nisso de ter beijado o Lucas. Será que foi traição? A gente não conversou sobre isso.

— Você também vai ficar contra mim? Você é meu namorado!

— Ih, o Lucas falou a mesma coisa — disse Isadora. — Enquanto tentava convencer a Cecília a matar a gente. Será que ficou alguma coisa dele aí dentro de você?

Thiago arregalou os olhos e se esticou para bater três vezes na madeira da mesinha de centro. Isadora, Max e Juliano caíram na gargalhada.

— Pelo menos eu sou bonito e tomo banho todos os dias, tá? — disse Thiago quando os outros pararam de rir. Ele encarou Isadora com um sorriso presunçoso. — E você que ficou com o Lucas mesmo ele sendo esquisito e sujo?

Manu olhou para a garota, que deu de ombros.

— Eu achei que fosse *estilo* — defendeu-se Isadora.

— Estilo "Sou um cadáver ambulante"? O cara não trocava de camisa *nunca*! — provocou Thiago.

— Era um fantasma, não um zumbi — corrigiu Isadora, o nariz empinado. Em seguida, deu de ombros. — Ok, eu sei, pegar o Lucas foi demais até pra mim. Na próxima vez, vou perguntar se a pessoa não é uma assombração antes de beijar ela. — Olhou para Manu. — A Manu eu sei que tá bem viva.

Juliano assoviou ao mesmo tempo que Manu encolheu os ombros. Será que algum dia iria se acostumar com aquilo, a naturalidade com que Isadora flertava com ela, o sorriso malicioso, a piscadinha no final?

Manu apertou os lábios. *Estavam* flertando? Pensou novamente na conversa que tiveram no banheiro de Cecília, e as dúvidas e medos que tentava suprimir voltaram à sua mente de uma vez só.

E se Isadora tivesse dito tudo aquilo por causa do nervosismo? Apenas porque fora pressionada por Lucas, porque estava assustada pela perspectiva da morte? Sim, elas tinham se aproximado mais depois, mas era natural, não era? Estavam lidando com o trauma juntas, só isso. Conhecia Isadora o suficiente para saber que aquela proximidade podia não significar nada. Tinha visto o incômodo da garota minutos antes, quando Manu fizera aquele comentário descuidado.

Com a respiração presa na garganta, Manu levantou da poltrona, pediu licença aos amigos e foi ao banheiro. Lavou o rosto e contou até dez, tentando controlar a respiração, sem muito sucesso. Pelo menos o único rosto refletido no espelho era o seu próprio.

Alguém bateu na porta e a abriu logo depois. Isadora a espiou por um instante, então entrou e trancou a porta, algo que Manu deveria ter se lembrado de fazer.

— O que aconteceu? — perguntou Isadora, se encostando na porta.

Manu se virou para ela, cruzando os braços.

— Vinho demais...?

— Nem vem, você quase não bebeu. — Isadora arqueou a sobrancelha. — E tá quieta há um tempão, só vendo a gente rir do Thiago.

Manu soltou o cabelo e passou os dedos pelos cachos, inquieta.

— Tá tudo bem, eu só precisava de um tempo sozinha — falou.

Isadora fez um biquinho. Em várias das noites que dormiram juntas, Manu acordou de madrugada e encontrou Isadora também acordada, sempre com uma expressão tensa. Seu rosto suavizava ao perceber o olhar de Manu, e ela garantia que logo voltaria a dormir, mas, pelas olheiras cada vez mais profundas, Manu sabia que não era verdade.

Nenhuma delas estava *bem*. Duvidava que fosse tão fácil assim voltar ao que eram antes — antes dos fantasmas, das conversas inacabadas, do medo constante. Não conseguia deixar de pensar que era um pouco culpa delas por terem escolhido a Agnes Dantas, insistido por mais de um vestibular, mesmo conhecendo o histórico da universidade, *justamente por conhecer* o histórico da universidade.

— Foi alguma coisa que eu fiz? — perguntou Isadora. — Ou que eu *não* fiz?

Manu soltou o cacho enrolado nos dedos e voltou a cruzar os braços, se apoiando na bancada da pia. Observou Isadora, o coração se apertando de leve. Como alguém podia abalar tanto o seu mundo apenas por *existir*? Não era justo.

"Só casais morrem aqui", Isadora dissera para lhe tranquilizar, e era verdade. Só que Lucas havia desistido de Ana para matar *elas*, mesmo depois de já ter matado Daniel, o namorado da garota, e havia todos aqueles nós no peito de Manu, a confusão e a incerteza... Mas que diferença fazia se talvez Isadora não quisesse o mesmo que ela? Era melhor arrebentar aqueles nós de uma vez, acabar logo com a dúvida que corroía sua mente.

— O que está acontecendo entre a gente, Isadora?

Manu mordeu o lábio, mas se forçou a sustentar o olhar de Isadora, que a encarava com uma expressão indecifrável.

— Nós estamos juntas — disse Isadora lentamente, cada palavra parecendo pesar em sua língua, o mistério em seu rosto pouco a pouco cedendo espaço a um olhar perdido. — Eu e você. Voltamos a ser amigas e, hum, alguma outra coisa. Acho.

— A gente não precisa — falou Manu, também devagar, odiando a dor que sentiu. — Não precisamos ficar juntas só por causa do que o Lucas fez você dizer. E se você só disse aquilo por causa do pânico... Não tem problema. Ainda podemos ser amigas. Como antes — acrescentou ela, rapidamente.

Isadora abriu a boca algumas vezes, mas tudo o que saiu foram sons engasgados, qualquer palavra que tentava se formar encoberta por mais risadas altas vindas da sala.

— Manu... — Ela finalmente reencontrou a própria voz. — O Lucas aproveitou que eu estava nervosa, mas não me forçou a dizer nada. — Ela fez uma pausa e, quando voltou a falar, sua voz estava mais baixa. — Eu gosto de você. Desse outro jeito também. De verdade.

Manu piscou, afastando as lágrimas que se acumulavam em seus olhos. Mais uma vez, contou até dez silenciosamente, mas sua respiração continuou descompassada.

— E eu sei que é... difícil. Minha cabeça é uma confusão. — Isadora esfregou os olhos. — Mas, quando penso no meu futuro, vejo você nele. Tipo, quando fizemos um exercício em aula pra imaginar alguém que nos deixasse feliz, você foi a primeira pessoa em quem eu pensei. Até nesses testes de internet eu sempre penso em você pra responder.

Manu balançou a cabeça, em dúvida se positiva ou negativamente. Isadora pensava tanto assim nela, das coisas mais importantes até as mais simples? Ouvir isso num ambiente seguro e sem ameaça de morte fez os nós dentro de Manu começarem a se soltar, afrouxando a pressão em seu peito.

— Não tô aqui por causa dos fantasmas ou porque outra pessoa não quis ficar comigo — continuou Isadora. As bochechas dela estavam vermelhas; os olhos, ainda mais brilhantes. — É com *você* que eu quero ficar, Manu. Sei que você queria alguma coisa diferente, alguém que conseguisse sentir as coisas do jeito certo... — A voz dela foi morrendo.

Manu se remexeu, inquieta, e bateu com a coxa na quina da bancada, os pensamentos a mil.

Como podia responder àquilo? Como explicar que não queria nada além do que Isadora estava disposta a oferecer, e que, por mais gritantes que fossem suas inseguranças, não desejava que ela mudasse por sua causa? Gostava de Isadora por todos os detalhes que a faziam ser quem ela era — a intensidade ao falar de suas paixões, a forma como prestava atenção nas pessoas quando conversavam, o jeito que parecia não ter medo de nada, como tinha confiado em Manu e deixado suas fragilidades à mostra.

Isadora era uma estrela iluminando todos em sua órbita, e tudo o que Manu queria era ficar ao lado dela, *com* ela, e se aquecer em sua luz.

— Eu só quero você, Isa — disse Manu finalmente, então fez uma careta. Isadora fez um grande discurso, e tudo o que ela conseguia elaborar era uma frase brega. Continuou mesmo assim: — Quero os sentimentos que você tiver por mim, do jeito que são. Não preciso de mais do que isso.

Elas se encararam por um momento, um silêncio leve dentro do banheiro, as vozes abafadas dos amigos lá fora. Um sorriso curvou os lábios de Isadora aos poucos, na mesma velocidade em que ela se aproximou de Manu. Quando enfim se beijaram, sem o peso da culpa, das inseguranças e de todas as palavras não ditas, Manu sorriu.

Foi bom se livrar daqueles fantasmas também.

O recesso do meio do ano veio e se foi rápido demais, e logo Manu estava de volta à Agnes Dantas para mais um semestre. Os cartazes em homenagem a Daniel tinham sido substituídos por anúncios de vagas em repúblicas, xerox em promoção e frases genéricas sobre as coisas boas da vida. Um ou outro ainda comentava sobre ele, mas o silêncio nas paredes e o fato de já ser agosto e ninguém mais ter morrido indicavam que as assombrações tinham mesmo ido embora de vez, junto com Lucas e Cecília, que não apareceram mais para Manu.

Até mesmo os pesquisadores da Arcana haviam ido embora, e o resultado da pesquisa — se é que teve algum — era um mistério. Às vezes, Manu se questionava se tudo não tinha passado de um pesadelo longo e detalhado, mas a cicatriz no peito a lembrava de que fora real, sim, mesmo que só ela e Isadora tivessem vivido aquilo.

Ela ajeitou a mochila no ombro e seguiu para a biblioteca depois do fim da primeira aula da manhã. O semestre mal havia começado e já tinha uma lista de exercícios para entregar na semana seguinte. Para piorar, Leonel queria que ela e Thiago montassem o plano de aulas das turmas do primeiro semestre — trabalho que definitivamente *não* era deles, mas o orientador não parecia muito preocupado com isso.

Manu tinha consultado o site da biblioteca, então foi direto para seção que procurava. Parou no começo do corredor, o mesmo onde tudo começou. Por causa daquele lugar tinham recebido o castigo injusto e ido parar no banheiro de Cecília. Ela engoliu em seco. Os amigos insistiam que ela precisava parar de pensar no passado, de fazer conjecturas que não levariam a lugar nenhum, e ela estava melhorando nisso, mas algumas ainda passavam por sua cabeça de vez em quando.

Respirando fundo, entrou no corredor e parou em frente a uma prateleira abarrotada. Alguém havia reorganizado os livros e limpado o pó das estantes. Também tinham tirado os quadros das paredes, deixando as rachaduras expostas.

Manu localizou o título e puxou o exemplar grosso quase caindo aos pedaços. Uma sombra cobriu a entrada do corredor e ela apertou o livro com força, mas, para seu alívio, era apenas um funcionário passando com uma máquina grande de limpeza.

Estava liberando o livro com a bibliotecária quando a porta se abriu e Isadora entrou, o rabo de cavalo frouxo e uma jaqueta azul que tinha pegado do armário de Manu de manhã. Ela sorriu, e o coração de Manu bateu mais forte por um momento, como sempre acontecia quando olhava para Isadora.

— Sabia que você estaria aqui — cochichou Isadora, se aproximando, e deu um beijo em Manu.

— Já tenho trabalho pra entregar na semana que vem — contou Manu, entrelaçando o braço ao da namorada enquanto se dirigiam à saída da biblioteca. *Namorada*. A palavra ainda fazia com que ela desse uma risadinha. — Você tá matando outra aula?

— Mais ou menos.

Manu ergueu as sobrancelhas.

— Não dá pra matar aula *mais ou menos*, Isa.

— Era a eletiva de filosofia. O Thiago também tá fazendo, ele assinou a chamada pra mim — explicou ela. — Eu precisava pegar uma coisa.

Pararam no meio do corredor de saída e Isadora revirou a mochila. Franziu os lábios em um beicinho que fazia Manu querer beijá-la de novo e, após alguns minutos de procura, puxou uma pequena caixa retangular da mochila e entregou para Manu.

Ao abri-la, um sorriso surgiu instantaneamente nos lábios de Manu: havia um cordão preto com um ônix pendurado.

— Mandei limpar, pra ter certeza de que você não vai andar por aí com um pedaço do Lucas ou da Cecília — disse Isadora sorrindo, orgulhosa de si mesma. — Foi mais difícil do que eu pensei. Ninguém queria fazer, por isso demorou tanto, mas eu consegui!

Era fácil ficar contente, percebeu Manu, pondo o cordão no pescoço. O peso familiar em seu peito, o cuidado de Isadora em ter recuperado o amuleto, porque sabia que era importante para ela… Manu tinha passado tanto tempo sentindo que fazia tudo errado e que era uma presença indesejada, então descobrir que as coisas podiam dar certo para ela era um alívio, e deixava uma felicidade pura e simples no lugar da pressão do medo e da culpa.

Ela sentiu os olhos se encherem de lágrimas — de alegria, dessa vez. Pulou em Isadora, ignorando que estavam em uma biblioteca, bem no meio do caminho das pessoas entrando e saindo. Alguém pigarreou alto ao passar por elas, e Manu se obrigou a se afastar — e deu um passo em falso, surpresa. A reitora Fátima estava atrás do balcão, falando algo com a bibliotecária que mexia no computador. A impressora foi ativada e cuspiu algumas folhas, o barulho sobrepujando os murmúrios dos alunos.

Manu sentiu o estômago revirar. Não via Fátima desde antes da revelação de Lucas. Até tinha pensado em falar com a reitora, mas para quê? A mulher com certeza sabia muito mais do que dizia sobre a Agnes Dantas — Lucas fora orientando dela, afinal, e quando os espíritos começaram a perseguir Manu e Isadora, tudo o que ela fez foi castigá-las injustamente.

Isadora apertou a mão de Manu, também observando Fátima. A mulher saiu de trás do balcão com as páginas recém--impressas e olhou para as garotas, a expressão fechada como sempre. Foi até o quadro de avisos perto da porta, prendeu uma das folhas com um alfinete e, ao abrir a porta e sair, lançou um sorriso para as duas.

Manu encolheu os ombros, o ônix se aquecendo contra sua pele. Por impulso, puxou Isadora até o mural, a ponta dos dedos formigando. Ao lado de um anúncio de um curso de francês, estava o cartaz de Fátima.

CONVITE PARA O PROJETO DE EXTENSÃO

"OS LIMITES DA EXISTÊNCIA APÓS A MORTE"

A Universidade Agnes Dantas convida toda a comunidade acadêmica para participar do projeto de extensão "Os limites da existência após a morte".

O objetivo do projeto é compreender o que acontece com o espírito de uma pessoa após a morte de seu corpo físico. Os encontros acontecerão duas vezes por semana, com coordenação da reitora da Agnes Dantas, Profª. Dra. Fátima Ribeiro Weber.

Interessados no projeto devem comparecer à sala da reitoria no dia 30 de agosto, às 13h, para entrevista.

Isadora soltou um "Ah, merda" baixinho, e Manu olhou para ela, amedrontada, incapaz de ler as outras informações.

— Vai começar tudo de novo.

— Não vai. E *se* acontecer, nenhum fantasma vai vir atrás da gente — declarou Isadora, parecendo tentar se convencer também. Então, com um pouco mais de suavidade, completou: — Só casais brigados morriam aqui. Vamos ficar bem.

Manu suspirou. Não sabia o que viria, se as coisas mudariam ou se abririam uma nova lista de vítimas a qualquer momento. Mas tinha certeza de uma coisa: mesmo que as paredes voltassem a gritar e se lamentar, as batidas de seu coração ao lado de Isadora sempre seriam mais altas.

Agradecimentos

Abrir uma nova página para escrever os agradecimentos foi mais difícil do que eu pensei. Chegar aqui significa que, mais uma vez, atravessei os sentimentos que *Os fantasmas entre nós* me causa — e saí inteira! E isso só foi possível graças às pessoas que me apoiaram nesse processo, seguraram na minha mão e disseram que estava tudo bem.

Primeiro, quero agradecer à minha família. Se não fosse por aquele dia em que meu pai me acompanhou na compra do meu primeiro livro e pelo incentivo da minha mãe em ler mais e mais, eu não estaria aqui hoje. Aos meus irmãos, agradeço pela paciência nos dias ruins e por estarem comigo sempre. Eu sigo realizando coisas porque tenho vocês quatro ao meu lado. Amo vocês até depois da vida.

Essa é a segunda publicação de *Os fantasmas entre nós* e, em todos os momentos, Taissa Reis, minha agente e amiga, esteve ao meu lado. Obrigada por me tranquilizar, ajudar a deixar o texto na melhor versão e entender as personagens (e eu mesma) tão bem. Obrigada também a Jackson Jacques, Dryele Brito e toda a equipe da Três Pontos pelo apoio e por responderem todas as minhas mensagens, mesmo as mais dramáticas. Saber que posso contar com vocês me deixa muito feliz.

Natália Pinheiro e Bárbara Morais: obrigada porem todas as ideias que não vou escrever, amigas. Os fantasmas eu escrevi! E vocês sabem que também são responsáveis por eu ter conseguido. Val Alves e Marina Orli: obrigada por todos os memes, pelos apontamentos em cima da história e por terem acreditado nos meus fantasmas. Agradeço também a Iris Figueiredo e Laura Pohl por me ouvirem enquanto eu editava o livro, e Carolline e Isadora Lamp pela empolgação com os detalhes sobre a história. Por todas as mensagens, áudios, memes e tweets sobre filmes, séries e casais com facas, e por também se empolgarem com essa história, agradeço a Sofia Soter, Vito Castrillo, Lucas Soldera, Adriclli Almeida, Luisa Mesquita, Mary Abade e Marina Feijóo.

E tenho que agradecer à minha própria universidade, que me deu de presente Bárbara Sanguin e Giovane Farias, provando que não existe apenas trauma na academia.

À equipe da Seguinte, que se empolgou junto comigo e tratou minhas garotas da melhor forma. A empolgação do Antonio Castro, meu editor, ao contar que vem da "cidade da loira do banheiro" me deixou muito contente, assim como os apontamentos dele e de todo mundo que contribuiu nessa história, Marcela Ramos, Nathalia Dimambro e tantos outros profissionais incríveis.

Não podia deixar de agradecer à Amanda Miranda pelo cuidado com as minhas garotas e com o universo da Agnes Dantas, entregando a sua visão artística na capa e demais ilustrações dessa edição, por toda dedicação, pesquisando referências e me chocando com o seu talento.

Um agradecimento à Noveletter, a primeira editora a abraçar a Agnes Dantas e tratar minhas garotas com muito carinho, capítulo a capítulo. O trabalho da Noveletter foi essencial para que eu chegasse até aqui e me tornasse uma pessoa melhor. Espero que outros autores possam ter a mesma experiência que eu tive com vocês.

Para alguém que não pode ler isto, mas que foi extremamente importante para a construção dessa história: Marília Mendonça, você foi e continua sendo alguém admirável e suas músicas são trilha sonora para muitos momentos da minha vida. Obrigada por tantas composições e interpretações que me marcaram, tem um pedacinho delas em cada obra que eu produzo.

E, por fim, e muito importante, um obrigada a você, leitor, que deu uma chance para minhas Manu e Isadora e os fantasmas que elas carregam, e leu essa história na primeira versão ou na atual (ou ainda está lendo, mas já pulou para os agradecimentos; eu faço a mesma coisa sempre!). Espero que você não encontre um fantasma bonitinho disposto a te matar. ♥

Entrevista com a autora

1. Protagonistas LGBTQIAP+ ainda não são tão comuns em filmes de romance ou no terror mainstream, já em *Os fantasmas entre nós*, são maioria. Qual a importância de termos cada vez mais personagens e autores queer nestes gêneros?

Quando a gente olha para trás, vê que sempre teve uma presença queer muito forte no horror, mas, por causa da época, as obras precisavam falar desse tema através de metáforas. Atualmente, a presença de personagens explicitamente LGBTQIAP+ já está ficando mais difundida, o que é ótimo. No romance, infelizmente, a gente tem um histórico menor de representatividade, e ainda temos as séries com casais LGBTQIAP+ sendo canceladas apesar do engajamento e do amor do público.

É muito importante termos personagens e produtores queer em cada vez mais obras, seja de romance, terror ou outros gêneros, para lembrarmos que merecemos estar em todos os lugares e que podemos viver diferentes histórias, das assombrações ao romance fofo.

2. Seu livro de estreia equilibra romance, terror e até uma certa dose de humor. Foi muito difícil trabalhar com esses diferentes elementos ao longo da narrativa?

Eu sou apaixonada por histórias de amor e de terror, e acredito que os dois gêneros funcionem muito bem juntos, já que o amor pode ser bem assustador. Unir esses dois gêneros para escrever *Os fantasmas entre nós* foi tranquilo e me permitiu dar ainda mais nuances para o relacionamento da Manu e da Isadora, que acabam sendo assombradas por não conseguirem lidar com os próprios sentimentos. Inclusive, a antologia audiovisual *A maldição*, do Mike Flanagan, e a série *Buffy, a caça-vampiros* foram grandes inspirações, pois são séries que equilibram esses (e outros) elementos de um jeito incrível, que me faz sentir sentimentos sempre que vejo.

Já o humor entrou nas reescritas, para equilibrar a tensão entre elas, porque eu não queria que fosse um livro tão pesado em sentimentos o tempo todo.

3. No livro, você reimagina uma lenda urbana bastante popular: a loira do banheiro. Quando surgiu o seu interesse por essa história? Tem alguma outra lenda que você gostaria de recontar?

Porto Alegre, onde moro, tem várias lendas urbanas, inclusive temos a nossa própria loira do banheiro: Maria Degolada, uma moça que foi assassinada pelo namorado e que as crianças tentam invocar no banheiro das escolas, da mesma forma que se tenta invocar a loira do banheiro. Infelizmente, a morte dela é uma história real de uma jovem aqui da cidade.

Então, desde criança, eu sempre tive medo de olhar para o espelho e ver algo além do meu próprio reflexo. Ter uma garota assassinada pelo namorado aparecendo no espelho de um banheiro foi o primeiro elemento (e o que se manteve entre todas as escritas e reescritas) de *Os fantasmas entre nós*. Escolhi a versão mais "comum" porque não queria me basear de fato na história da Maria Degolada, que é real e brutal, e a chamei de loira do banheiro pelas características que as próprias personagens apontam: é uma garota loira no espelho do banheiro (risos).

Sobre outras lendas… No momento, eu estou um pouco obcecada com os crimes da rua do Arvoredo, que ocorreram aqui em Porto Alegre no século XIX. É uma história bizarra mas fascinante: um casal atraía e matava as vítimas, depois fazia linguiça com as partes dos corpos para vender para um açougue. É um caso real, mas segue no imaginário das pessoas e eu tenho pensado muito nela, costurando detalhes para quem sabe fazer uma releitura ou me inspirar um pouco na história no futuro.

4. *Os fantasmas entre nós* percorreu um longo caminho antes de chegar nesta versão, tendo sido lançado originalmente em 2021 pela Noveletter como *Coração mal-assombrado*. Quais as principais diferenças entre a história original e esta nova edição que os leitores acabaram de ler?

Sim, Manu e Isadora estão comigo há alguns anos! Nessa versão, o mistério ficou um pouco mais profundo e eu trouxe outros elementos para a narrativa, como a lista de mortos, um resumo de artigo e notícias, que combinaram com a estética *dark academia* do livro. O trabalho de edição da Seguinte também me ajudou a arredondar algumas pontas soltas e aprofundar mais o relacionamento entre as protagonistas e seus amigos. Acho que o mistério está um pouquinho menos óbvio também? Espero que sim hahaha.

A gente também trabalhou para deixar a geografia da Agnes Dantas mais visual, o que nos levou a esse mapa incrível que está nas primeiras páginas, feito pela Amanda Miranda.

5. Entre aulas, conversas pelos corredores e outras atividades, a vida acadêmica no campus da Agnes Dantas

é quase uma protagonista da história. Como foi a sua experiência na faculdade?

Eu conhecia pouquíssimas pessoas que tinham feito faculdade quando entrei, e acho que isso tornou a experiência mais complicada; eu não tinha um espelho nem sabia exatamente o que esperar, sabe? Os primeiros semestres foram bem intensos, precisei passar por um processo de aprender mesmo a estudar — como ler textos e encontrar coisas que precisava neles, como fazer fichamentos, como organizar meu tempo em um curso integral com aulas em diferentes turnos. Como a Manu, eu também já fiquei em recuperação por causa de um décimo, virei a noite fazendo trabalhos e me perguntei por que me inscrevi na faculdade.

Ao mesmo tempo, foi *muito* enriquecedor. Estar na UFRGS me deu acesso a coisas que eu nem imaginava, das aulas teóricas às práticas, e esses sete anos (!!!) formaram muito de quem eu sou hoje, tanto profissional quanto pessoalmente. Além disso, conheci pessoas incríveis, que são minhas amigas até hoje e me apresentaram a novas pessoas tão legais quanto elas, e sou muito grata a isso.

6. Como bolsista, Manu se obriga a manter um alto rendimento na faculdade. Este é um retrato bem fiel dos jovens que se utilizam de ações afirmativas para ingressar no ensino superior. Como você vê o acesso às universidades hoje, até pela sua própria experiência durante a graduação?

Falando pela minha experiência com a UFRGS, que foi onde eu estudei: quando entrei em 2015, a universidade separava as matrículas por notas, deixando para o segundo semestre a inscrição de quem tinha uma nota menor no vestibular (em sua maioria, por consequência da realidade da nossa sociedade, cotistas). Eu entrei no segundo semestre daquele ano, com todas as cotas disponíveis e, se não fosse por isso, não teria tido a oportunidade de estudar. Essa forma de admissão mudou nos últimos anos, o que tornou as turmas mais diversas e diminuiu um pouco as diferenças econômicas e sociais entre os diferentes semestres.

Ao mesmo tempo, também foi criada na UFRGS uma matrícula provisória, para que os cotistas pudessem estudar enquanto a documentação socioeconômica e autodeclaração racial de cada um era analisada. Só que em vez de facilitar a vida dos estudantes, isso levou a vários alunos serem desligados anos depois do ingresso, com vários semestres já cursados. É como se, para cada passo à frente, déssemos um para trás, nos mantendo sempre em uma corda bamba: é incrível que algumas pessoas consigam furar a bolha e chegar ao ensino superior, mas há sempre alguém querendo tirá-las de lá.

Apesar disso, as coisas parecem um pouco melhores. Quando me formei, outras pessoas também estavam ali representando a primeira geração da família na universidade, como eu, e nem todo mundo era branco ou rico. Ainda não alcançamos o patamar da perfeição, mas sinto que as coisas estão andando, sim, e mais pessoas negras, indígenas, de baixa renda e com deficiência estão conseguindo ingressar (e se manter) na universidade. E que bom! Fico feliz demais por saber que apesar de ter sido a primeira da minha família a entrar na faculdade, não serei a única.

7. Em que momento decidiu que este livro seria um *dark academia* e quais foram os principais desafios para adaptar essa estética — popular nos últimos anos em países anglófonos — ao contexto brasileiro?

Apesar de vermos na internet muitas pessoas falando que *dark academia* é apenas usar livros como decoração, gostar de estudar e vestir tons pastel, essa estética enquanto subgênero fala, na verdade, sobre a glorificação do estudo, sobre o personagem que quebra o status quo assumindo uma posição que não foi feita para ele e que se coloca em situações complicadas pela validação acadêmica, para pertencer a um ambiente teoricamente erudito como a universidade.

Então, trabalhar essa história para encaixá-la como *dark academia* não foi assim tão difícil. Ver pessoas se sentindo especiais por estudarem demais não é nada incomum nas universidades brasileiras, e não há quem desafie mais o status quo da academia do que os alunos bolsistas, que muitas vezes não tiveram nem as matérias básicas completas no ensino médio e se veem competindo por bolsas, vagas em projetos e até prêmios com colegas que tiveram outro tipo de educação. Quando estamos falando de alunos negros, então, essa diferença se torna ainda mais gritante, com direito a pequenos racismos diários e invalidações que reforçam o abismo social que pode existir nesse ambiente.

A Manu é bolsista em uma das poucas universidades sobrenaturais do país e às vezes precisa lembrar até mesmo aos amigos que sua permanência na universidade depende de um esforço maior, notas perfeitas e, acima de tudo, que ela continue estudando ou trabalhando mesmo que esteja exausta e assustada.

A universidade barulhenta, manchada de sangue e com assombrações também ajudou bastante a trabalhar a parte estética! O maior desafio mesmo foram as roupas em tons pastel, porque simplesmente não consigo visualizar os personagens usando peças nessas cores hahaha.

8. Ao longo de *Os fantasmas entre nós*, é possível perceber quão grande é o universo em que se passa a história. Você tem interesse em revisitá-lo em outro momento para contar novas histórias?

Sim, eu quero muito voltar a esse universo! Enquanto escrevia a história da Manu e da Isadora, percebi que não fazia sentido existir só uma universidade sobrenatural em um país tão grande quanto o Brasil e, estruturando as especificidades de cada instituição, pensei também em quais eventos poderiam acontecer em cada uma delas.

Talvez eu esteja rascunhando uma história sobre dois rivais acadêmicos e o namorado deles na Universidade Arcana... Mas sem muitos detalhes por enquanto, vou só dizer que esses três são ainda mais romanticamente confusos que Manu e Isadora!

9. Além de uma newsletter com reflexões sobre o horror, você também tem um podcast sobre *Buffy, a caça-vampiros*, que destrincha a série episódio por episódio. Pode indicar cinco histórias — filmes, séries ou livros — para quem quer dar seus primeiros passos no horror e conhecer mais sobre o gênero?

Meu momento! Eu tenho muitas indicações, mas para quem quer começar, vou sugerir meus favoritos e que acho perfeitos para isso:

1. *Garota infernal* (filme dirigido por Karyn Kusama). Jennifer e Needy são melhores amigas, mas as coisas começam a ficar esquisitas quando Jennifer é sacrificada por uma banda e se torna uma súcubo que mata e come os homens e professores da cidade. É sangrento, é divertido, tem uma amizade-que-é-um-romance bom demais.

2. *Pânico* (filme dirigido por Wes Craven). Toda a série é boa, mas o primeiro filme da franquia é *espetacular*. Um clássico *slasher* (filmes cheios de assassinatos) que traz um assassino mascarado que telefona para as vítimas perguntando qual

é o filme de terror favorito delas. Sidney, a protagonista, é ótima e a revelação do assassino é incrível.

3. *A assombração da casa da colina* (livro de Shirley Jackson). Além de ter inspirado *A maldição da residência Hill*, série de Mike Flanagan para a Netflix (que também indico muito!), esse livro é perfeito. Tem uma das melhores narrativas que já li, uma casa assombrada e uma protagonista que eu amo (e a Theodora! Eu amo a Theodora!).

4. *Yellowjackets* (série produzida por Ashley Lyle e Bart Nickerson). Existe uma versão minha antes e outra depois de assistir a essa série. *Yellowjackets* é narrada em duas linhas temporais: na década de 1990, o avião de um time escolar de futebol feminino cai em uma floresta e elas precisam sobreviver; já nos dias atuais, acompanhamos as sobreviventes lidando com acontecimentos e as consequências desse passado. Além de uma narrativa bem amarrada entre passado e presente, eu amo *todas* as personagens. É uma ótima história sobre o que acontece quando jovens são largadas para sobreviver em um lugar inóspito (sem spoilers, mas: canibalismo!).

5. *Enterre seus mortos* (livro de Ana Paula Maia). Esse livro é ótimo. Em poucas páginas, Ana Paula Maia conta a história de um homem que recolhe animais mortos na estrada. Quando ele encontra o corpo de uma mulher, começa uma jornada para tentar deixá-lo em um necrotério. Apesar de ser um livro curto, o impacto dele é gigantesco.

Bônus: *Buffy*, que já mencionei aqui antes, também é uma ótima série para quem quer começar no terror, pois traz monstros da semana, grandes metáforas para depressão e amor, e o melhor casal da ficção: Buffy e Spike.

10. Agora, finalizado todo o processo de edição deste livro, que dicas você daria para quem quer escrever e publicar suas próprias histórias?

Algo que sempre funciona para mim é entender por que a história que quero contar é importante *para mim*. Não por que ela pode ser importante para um leitor ou para uma editora, mas sim o que existe na ideia e nos personagens que a torna especial para mim, que me faz gostar tanto dela a ponto de estar preparada para passar meses (às vezes anos, como foi com *Os fantasmas entre nós*) trabalhando com os mesmos personagens. Eu entendi que há espaço para todas as histórias e sempre vai existir pelo menos uma pessoa que goste dela tanto quanto eu, mas, em primeiro lugar, eu preciso saber *o que me move* em cada ideia.

Quanto à publicação, se o desejo é publicar com uma editora, é preciso ter calma e paciência! Às vezes, o processo é demorado. Escrevi o primeiro rascunho do conto que se tornou *Os fantasmas entre nós* em 2018. Depois disso, todo ano eu fazia alguma edição, até chegar à primeira publicação pela Noveletter em 2021 e, agora, em 2023, pela Seguinte em sua versão definitiva. Foram cinco anos de escrita, reescrita, edição e publicações! A edição leva seu próprio tempo, a preparação leva outro, e ainda tem revisão, capa, o lançamento ser encaixado na agenda da editora… E a gente não tem controle sobre isso, então *calma* e *paciência* são duas coisas essenciais.

E tenha amigos te apoiando para quando você precisar surtar! Não sei se teria publicado este livro sem eles.

Não são dicas muito práticas, eu sinto muito hahaha. Mas *juro* que funcionam (para mim, pelo menos, tudo bem se for diferente para você!).

ESTA OBRA FOI COMPOSTA POR OSMANE GARCIA FILHO EM BEMBO
E IMPRESSA EM OFSETE PELA GRÁFICA BARTIRA SOBRE PAPEL PÓLEN NATURAL
DA SUZANO S.A. PARA A EDITORA SCHWARCZ EM OUTUBRO DE 2023